中国短经典

毕飞宇 著

唱西皮二黄的一朵

人民文学出版社

图书在版编目(CIP)数据

唱西皮二黄的一朵/毕飞宇著.—北京：人民文学出版社,2018
（中国短经典）
ISBN 978-7-02-014219-4

Ⅰ.①唱… Ⅱ.①毕… Ⅲ.①短篇小说-小说集-中国-当代 Ⅳ.①I247.7

中国版本图书馆 CIP 数据核字(2018)第 086085 号

责任编辑　甘　慧　杜玉花
装帧设计　高静芳

出版发行　人民文学出版社
社　　址　北京市朝内大街 166 号
邮政编码　100705
网　　址　http://www.RW-cn.com

印　　制　上海利丰雅高印刷有限公司
经　　销　全国新华书店等

字　　数　138 千字
开　　本　890 毫米×1240 毫米　1/32
印　　张　7.5
版　　次　2018 年 9 月北京第 1 版
印　　次　2018 年 9 月第 1 次印刷

书　　号　978-7-02-014219-4
定　　价　49.90 元

如有印装质量问题，请与本社图书销售中心调换。电话：010-65233595

目录

枸杞子	001
哺乳期的女人	013
卖胡琴的乡下人	027
马家父子	039
写字	053
遥控	065
火车里的天堂	079
生活在天上	093
白夜	115
怀念妹妹小青	131
阿木的婚事	147
蛐蛐　蛐蛐	165
唱西皮二黄的一朵	185
地球上的王家庄	201
彩虹	215

枸杞子

勘探船进村的那个夏季，父亲从城里带回了那把手电。手电的金属外壳镀了镍，看上去和摸起来一样冰凉。父亲进城以前采了两筐枸杞子，他用它们换回了那把锃亮的东西。父亲一个人哼着《十八摸》上路，鲜红透亮的枸杞子像上了蜡，在桑木扁担的两侧随父亲的款款大步耀眼闪烁。枸杞是我们家乡最为疯狂的植物种类，有风有雨就有红有绿。每年盛夏河岸沟谷都要结满籽粒，红得炯炯有神。大片大片的血红倒映在河水的底部，对着蓝天白云虎视眈眈。

　　返村后父亲带回了那把手电。是在傍晚。父亲穿过一丛又一丛枸杞走进我们家天井。父亲大声说，我买了把手电！手电被父亲竖立在桌面上，在黄昏时分通体发出清洌冰凉的光。母亲说，这里头是什么？父亲说，是亮。

　　第二天全村都晓得我们家有手电了。这样的秘密不容易保住,就像被人胳肢了脸上要笑一样自然。村里人都说,我们家买了把手电,一家子眼睛都像通了电。这话过分了。我们这样的人家早就学会了自我克制。许多人问父亲,你进城了吧?父亲多精明的人,你一撅屁股他就晓得什么屁。父亲避实就虚,虎着脸说,进了。

晚上天井里来了好多人。他们坐在我们家的皂荚树下拉家常。夏夜清清爽爽,每一颗星都干干净净。没有气味。这样的漆黑夏夜适合于蛐蛐与夜莺。它们在远处,构成了深邃空间。

话题一直在手电的边缘。人人心照不宣,但谁也不愿点破,这是生存得以常恒的实质性方法。夜很晚了,狗都安静了,他们就是不走。母亲很不高兴,她的芭蕉扇在大腿上拍得噼啪起劲。后来母亲站到了皂荚树下,手里拿了一把锃亮的东西。父亲这时依然低着头吸烟,烟锅里的暗火又自尊又脆弱。母亲说,你们看够了!你们睁大眼睛看够了!母亲用了很大的努力打开开关,一道雪亮的光柱无限肯定地横在了院子中间,穿过大门钉在院墙的背脊上。皂荚树上的栖鸟惊然而起,羽翼带着长长的哨声彗星一样划过,使我们的听觉充满夜宇宙感。

故事的高潮是母亲灭了手电。人们在黑暗里面面相觑。

勘探船在那个夏夜进村了。他们是从水路上来的,来得悄无声息。他们的外地口音使他们的话听上去极不可靠。勘探队长戴了一顶黄色头盔,肚子大得像个气球。勘探队长说,他们是来找石油的，石油就在我们村的底下，再不打上来就要流到美国去了。当天他们就在我们的村北打了个洞，一声轰隆，村子像筛糠。大伙立即把父亲叫过去，他们坚信，只有杀过人的父亲能够阻止他们。父亲走到村北，依据他的经验认定了大肚子是队长。父亲又立在勘探队长的面前，双手抱在前胸，说，不许打了。父亲几年之前杀过人，我们一家都以为要判死罪的，他用铲锹削去了偷地瓜阿三的半块脑袋。父亲没有被判罪，反而在主席台上披红戴绿成了英雄。这里头有许多蹊跷，但不管怎么说，杀人一旦找到了合理借口，杀人犯就只能是英雄。

父亲说，不许打了。

勘探队长说，你是谁？

父亲说，再打你就麻烦了。

父亲把这句话撂在村北，一个人回家玩手电去了。父亲把手电捂在掌心里，十只指头虾子一样鲜活、红润、透明。尔后父亲把门窗关紧，用手电从下巴那里照到脸上去。母亲被父亲吓得像老鼠，她认为父亲的那模样"比鬼还难看"。

天黑之后来到我家天井的是大肚子队长。他坐在我们家的矮凳子上，鼻孔里喘着粗气，说话的气息变得吃力。他称我的父亲"亲爱的同志"，然后用科学论证了石油和马路汽车的关系，尤其强调了石油与电的关系。他说，石油就是电。有了石油，村子里的所有树枝上都能挂满电灯，也就是手电。月亮整个没用了。村子里到处是电灯，像枸杞树上的红枸杞子一样多。电在哪里呢？——电在油里头；而油又在哪里呢？——油在地底下。队长说，这是科学。父亲后来沉默了。母亲说，你听他瞎扯。父亲严肃无比地说，你不懂。母亲反驳说，你懂！父亲说，这是科学。母亲说你晓得什么是科学，父亲便沉默。他对科学不作半点解释，把科学展示得如他的沉默一样深邃、魅力无穷，由不得你不崇敬。

父亲对勘探队长说，你们随便打，除了大闺女的床沿，你们哪里打洞都行。

大哥偷了手电往北京家匆匆而去。大哥一定拿手电讨好那个小骚货去了。北京是学校里作文写得最好的美人。她曾在一篇作文里给自己插上两只翅膀，用一天的时间飞遍祖国长城内外与大江南北。要不这样，她也不敢让人们喊她北京的。那时候我们时兴用各大城市为女孩子起名，北京的双眼皮与大酒窝，为她赢得了首都这个光芒四射的名字。村里大部分男孩都喜欢北京。他们要不喜欢她是不可能的，但北京并不喜欢他们。她常用狐狸一样的目光等距离地打量每一个和她对视的男子。这种目光令人激动，让人伤心绝望。她就那样用狐狸一样的目光正视你，让你的青春期杂乱无章。

大哥从北京家回来时一脸灰。可以想象到北京见到手电后无动于衷的冷漠模样。

那个晚上全村人都看到了大哥丢人现眼，他拿了父亲的手电爬到北京家的院墙上头，如一只猫，弓着腰四处寻腥。他把手电打开来，对着天空，天空给照出了一个大窟窿。大哥的这次荒谬举动给了人们关于夜的全新认识，夜是没尽头的，黑暗一开始就比光更加遥远。山羊胡子老爹甚至说，夜和日子一样深，再长的光都不能从这头穿照到那头。山羊胡子老爹的话没有得到应有的关注。一般性的看法是，夜里的空间被折叠好了，存放在手电里头，只要开关一不小心，空间就顺着光亮十分形象地延展开来。大哥是被父亲吆喝下来的，下地时大哥崴了脚踝。大家都看见了大哥的狼狈样，只有北京例外。北京这刻儿不知道在哪里，漂亮的女孩到了夜里就像鱼，你不知道她们会游到哪里去。

民间想象力的发达总是与村落的未来有关。父亲的手电顿时给忽略了。人们一次又一次规划起电气化时代。父亲说，到那时水里也装上了电灯，人只要站在岸上就能看见王八泥鳅与水婆子。父亲设想到那时，每一条河都是透明的，我们看鱼就像玉帝老儿在天上看我们那样。总之，科学能使每一个人都变成神仙。

而勘探队的勘探进程完全是现实主义的。他们不慌不忙地打眼，贮药，点火，起爆。河里的鱼全给震昏了，它们把腹部浮出水面，在水面上漂了一层。勘探队长整日待在井口，面对地下蹿出来的黄泥汤忧心忡忡。他希望能告诉我们石油就在脚底下，挖田鼠那样动几锹，石油自己就跳出来了。大肚子队长有点担心找不出油来。"亲爱的同志"们一般是不会接受没有结果的科学的。那些队员似乎早就疲沓了，日午时分倒在树荫底下午眠。他们的黄色头盔罩在脸上，成了呼噜的音箱。这样的时刻，父亲和他的乡亲们认真地卧在井口，看黑洞洞的井底。有人提议说，用手电照照。父亲回家拿来了手电，照下去，一无所有。这样的感受在盛夏里显得阴森，父亲对着井口一连打了十几个喷嚏。有人问，下面科学吗？父亲默然不语。父亲把科学和希望全闭在了嘴巴里，而他的嘴巴仅仅补充了三个喷嚏。随后太阳金灿灿，枸杞子红艳艳。勘探队长的大肚子在午眠中呼吸，一上一下，像死去的鱼随波逐流。

这样的午后大哥显得焦虑。他的神态被北京弄得如一颗麦穗，隐藏着多种结果与芒刺。大哥的步行动态显得疲惫不堪，歪着头，又憔悴又空洞。大哥是唯一生存在石油神话外部的独行客。无数下午一个又一个向他袭来，熬不过去。他对北京的单恋行进在他的青春期，数不尽的红枸杞在他的胸中铺天盖地，而北京依然站在柔桑或柳树下面，均匀地撒播狐狸一样的目光，没有表情。有一种充满爱意的冷若冰霜，也可以这么说，有一种神似蜜意的铁石心肠。天下所有的美人中，只有北京能做到这一点。这不是修炼而就的，概括起来说，是与生俱来。

谁也料不到会出这样的事，北京让勘探队的一个髦毛小子给开了。事发之后有人揭示，他们已经眉来眼去两三天了。依照推算，两三天之后发生那样的事完全是可能的。事后还有人发现，北京和小髦毛对视时下巴都挂下来了，根据祖传经验，女儿家下巴挂下来两条腿就夹不紧了。这一点毫无疑问。北京在事发之后睡了整整一天，重新出门时北京变了模样。女孩的美与丑与政治很像，处在悬崖之上，要么在峰巅，要么在深谷，没有中间地带。北京眨眼间就从峰巅摔进了谷壑，所有美丽被摔得粉碎。她眼里的狐狸说走就走光了，两只眼睛成了手电，除了光亮别无他物。大哥得到消息后全身都停电了，说北京骗了他，说北京不要脸，说北京是枸杞子，看起来中看，吃起来涩嘴。但大哥看到北京后出奇地轻松愉快，北京丑得走了样，两只小奶子也挂下来了。北京的那种样子再也长不出翅膀，一天之内飞遍祖国九百六十万平方公里了。北京曾经拥有的美丽过去成了笑柄，好在人人都在关心科学与石油，大哥和其他青春少年就此终止了单恋，他们大声说，（北京）开过啦。声音又快活又猥亵。人们对失去的纯真与理想多半作如斯处置。

父亲们的盼望与勘探队的无精打采形成强烈反差。即将收割的水稻和正值成长的棉花被踩得遍地狼藉。乡亲们站在自己的稼禾上面心情是矛盾的。大肚子队长一次又一次告诉他们，这里将是三十八层高楼，四周墙面全是玻璃，在电灯光的照耀下无限辉煌。而后稼禾带给他们的心疼被憧憬替代了，高楼和灯光在他们贫瘠的想象中雾一样难以成形，高楼拔地而起的模样永远离不开水稻生长的姿态，一节，再一节，又一节，后来就无能为力了。

父亲一次又一次与大肚子队长讨论过石油出土的可能性。每一次父亲都得到肯定回答。父亲一次又一次把那些话传给乡亲，乡亲们默然不语。他们对杀过人的人物存有天生的敬畏，沉默就算是拿他不当回事了。父亲大声说，不出二十年，我保证大家住上高楼，用上电灯。大伙听了这样的话慢腾腾地散开了，他们的表情一片茫然。他们最信不过的就是用未来作允诺。在实现不了诺言时，再把罪咎推到别人头上。食言要做的只有一件事，站在皂荚树下面，手执手电，做出正确的神态。都习惯了。

大哥在这个晚上碰上了倒霉的事。他再一次偷走了父亲的手电，独自到村东找蛐蛐。大哥在棉花田里专心致志，猫着腰，认真地谛听每一个动静。大哥一定听见了那声极细微的声音，他走过去，看见了一样白花花的东西。是一只光脚。阒静中大哥五雷轰顶。那只脚安然不动。大哥的手电光顺着脚无声无息地爬上去，是一条腿。又一条。又一条。又一条。一共是四条。大哥还没有来得及尖叫就被人推倒了，嘴里塞满土。手电被扔进了河里。四条腿惊慌地狂奔。

开着的手电以抒情的姿态沉下河底。有人发现了河底的亮光。有两三丈那么长。许多人赶到了河边，甚至包括勘探队的大肚子队长。河底的光呈墨绿色，麦芒一样四处开张。人们站在岸边手拉手，肩贴肩。人们以恐怖和绝望的心情看着河里的墨绿光慢慢地变暗，最后消亡。山羊胡子老爹说，动了地气了。动了地气了。一个晚上他把这句话重复了一千遍。

第二天大家闭口不提夜里的事。快近晌午北京从河底浮上来了。在发光的那条河的下游。北京的整个身体彼此失去了联系，一个劲地往下挂。北京的死亡局面栩栩如生，在晌午的阳光下反射出一种青光。人们把目光从北京的尸体上转移开之后，枸杞子被一种错觉渲染得血光如注。展示出一种静态喷涌。

父亲没有把手电失踪的事张扬出去。手电的事肯定就此了结了。但那把水下的手电从此成了神话。甚至就在上个月的二十九号还有人提起过那事。他说他"亲眼看见"河里头亮起来了，第二天北京就死在那儿。许多人说他吹牛，河水怎么能在夜里发光呢？叙述者又委屈又激动，说，北京要活着就好了，她一定知道那一切全是真的。叙述者补充说，当年还有一支勘探队，他们四处找石油。

勘探队在短暂的沉默之后又开始了爆炸。河里没有再死鱼，因为河里已经没有鱼可以死了。他们的外地口音失去了初来乍到的魅力，他们的操作失去了围观，只留下孤寂的爆炸和伤感的回音。

在暮色苍茫时刻大肚子队长生气地脱掉了他的长裤。他的双腿堆满伤疤。那些疤在夕阳里闪闪发光。大肚子队长一个劲地说话，他的自言自语一刻也没有离开疤的内容。他说，这个世上到处是疤，星星是夜空的疤，枯叶是风的疤，水泥路是地的疤，冰是水的疤，井是土的疤。大肚子队长说着这些疯话，悄然走上船去。他光着双腿走上船的背影成了我们村最动人的时刻。

浓雾使大早充满瞌睡相。鸡的打鸣都是象征性的，撂了两嗓子，就睡回头觉了。浓雾里头父亲做着梦，他梦见了石油光滑油亮的背脊在地底下蠕动的模样。石油被他的梦弄得无限华丽，与黄鳝的游动有某种相似。

大雾退尽后太阳很快出现了。太阳的复出使我们的村庄愈加鲜嫩可爱。这时候有人说，勘探队！勘探队！人们走东串西没有发现勘探队的人影。只有无尽的枸杞子被浓雾乳得干干净净、水灵活现。大伙跟在父亲的身后来到河边，河边空着，满眼是细浪和飞鸟。浓雾退尽后的河面有一片"之"字形水迹，如一只大疤，拉到河面的拐角。这个疤一直烙在父亲的伤心处。父亲的眼里起了大雾。很苍老的感觉在内中滋生，弥漫了父亲的那个夏季。

哺乳期的女人

断桥镇只有两条路，一条是三米多宽的石巷，一条是四米多宽的夹河。三排民居就是沿着石巷和夹河次第铺排开来的，都是统一的二层阁楼，楼与楼之间几乎没有间隙，这样的关系使断桥镇的邻居只有"对门"和"隔壁"这两种局面，当然，阁楼所连成的三条线并不是笔直的，它的蜿蜒程度等同于夹河的弯曲程度。断桥镇的石巷很安静，从头到尾洋溢着石头的光芒，又干净又安详。夹河里头也是水面如镜，那些石桥的拱形倒影就那么静卧在水里头，千百年了，身姿都龙钟了，有小舢板过来它们就颤悠悠地让开去，小舢板一过去它们便驼了背脊再回到原来的地方去。不过夹河到了断桥镇的最东头就不是夹河了，它汇进了一条相当阔大的水面，这条水面对断桥镇的年轻人来说意义重大，断桥镇所有的年轻人都是在这条水面上开始他们的人生航程的。他们不喜欢断桥镇上石头与水的反光，一到岁数便向着远方世界蜂拥而去。断桥镇的年轻人沿着水路消逝得无影无踪，都来不及在水面上留下背影。好在水面一直都是一副不记事的样子。旺旺家和惠嫂家对门。中间隔了一道石巷，惠嫂家傍山，是一座二三十米高的土丘；旺旺家依水，就是那条夹河。旺旺是一个七岁的男孩，其实并不叫旺旺。但是旺旺的手上整天都要提一袋旺旺饼干或旺旺雪饼，大家就喊他旺旺，旺旺的爷爷也这么叫，又顺口又喜气。旺旺一生下来就跟了爷爷了。他的爸爸和妈妈在一条拖挂船上跑运输，挣了不少钱，已经把旺旺的户口买到县城里去了。旺旺的妈妈说，他们挣的钱才够旺旺读大学，等到旺旺买房、成亲的钱都挣来，他们就回老家，开一个酱油铺子。他们这刻儿正四处漂泊，家乡早就不是断桥镇了，而是水，或者说是水路。断桥镇在他们的记忆中越来越概念了，只是一行字，只是汇款单上遥远的收款地址。汇款单成了鳏父的儿女，汇款单也就成了独子旺旺的父母。

旺旺没事的时候坐在自家的石门槛上看行人。手里提着一袋旺旺饼干或旺旺雪饼。旺旺的父亲在汇款单左侧的纸片上关照的，"每天一袋旺旺"。旺旺吃腻了饼干，但是爷爷不许他空着手坐在门槛上。旺旺无聊，坐久了就会把手伸到裤裆里，掏鸡鸡玩。一手提着袋子，一手捏住饼干，就好了。旺旺坐在门槛上刚好替惠嫂看杂货铺。惠嫂家的底楼其实就是一铺子。有人来了旺旺便尖叫。旺旺一叫惠嫂就从后头笑嘻嘻地走了出来。

惠嫂原来也在外头，一九九六年的开春才回到断桥镇。惠嫂回家是生孩子的，生了一个男孩，还在吃奶。旺旺没有吃过母奶。爷爷说，旺旺的妈天生就没有汁。旺旺衔他妈妈的奶头只有一次，吮不出内容，妈妈就叫疼，旺旺生下来不久便让妈妈送到奶奶这边来了，那时候奶奶还没有埋到后山去。同时送来的还有一只不锈钢碗和不锈钢调羹。奶奶把乳糕、牛奶、亨氏营养奶糊、鸡蛋黄、豆粉盛在锃亮的不锈钢碗里，再用锃亮的不锈钢调羹一点一点送到旺旺的嘴巴里。吃完了旺旺便笑，奶奶便用不锈钢调羹击打不锈钢空碗，发出悦耳冰凉的工业品声响。奶奶说："这是什么？这是你妈的奶子。"旺旺长得结结实实的，用奶奶的话说，比拱奶头拱出来的奶丸子还要硬铮。不过旺旺的爷爷倒是常说，现在的女人不行的，没水分，肚子让国家计划了，奶子总不该跟着瞎计划的。这时候奶奶总是对旺旺说，你老子吃我吃到五岁呢。吃到五岁呢。既像为自己骄傲又像替儿子高兴。

不过惠嫂是例外。惠嫂的脸、眼、唇、手臂和小腿都给人圆嘟嘟的印象。矮墩墩胖乎乎的，又浑厚又溜圆。惠嫂面如满月，健康，亲切，见了人就笑，笑起来脸很光润，两只细小的酒窝便会在下唇的两侧窝出来，有一种产后的充盈与产后的幸福，通身笼罩了乳汁芬芳，浓郁绵软，鼻头猛吸一下便又似有若无。惠嫂的乳房硕健巨大，在衬衣的背后分外醒目，而乳汁也就源远流长了，给人以取之不尽、用之不竭的印象。惠嫂给孩子喂奶格外动人，她总是坐到铺子的外侧来。惠嫂不解扣子，直接把衬衣撩上去，把儿子的头搁到肘弯里，尔后将身子靠过去。等儿子衔住了才把上身直起来。惠嫂喂奶总是把脖子倾得很长，抚弄儿子的小指甲或小耳垂，弄住了便不放了。有人来买东西，惠嫂就说："自己拿。"要找钱，惠嫂也说："自己拿。"旺旺一直留意惠嫂喂奶的美好静态，惠嫂的乳房因乳水的肿胀洋溢出过分的母性，天蓝色的血管隐藏在表层下面。旺旺坚信惠嫂的奶水就是天蓝色的，温暖却清凉。惠嫂儿子吃奶时总要有一只手扶住妈妈的乳房，那只手又干净又娇嫩，抚在乳房的外侧，在阳光下面不像是被照耀，而是乳房和手自己就会放射出阳光来，有一种半透明的晶莹效果，近乎圣洁，近乎妖娆。惠嫂喂奶从来不避讳什么，事实上，断桥镇除了老人孩子只剩下几个中年妇女了。惠嫂的无遮无拦给旺旺带来了企盼与忧伤。旺旺被奶香缠绕住了，忧伤如奶香一样无力，奶香一样不绝如缕。

　　惠嫂做梦也没有想到旺旺会做出这种事来。惠嫂坐在石门槛上给孩子喂奶，旺旺坐在对面隔着一条青石巷呢。惠嫂的儿子只吃了一只奶子就饱了，惠嫂把另一只送过去，她的儿子竟让开了，嘴里吐出奶的泡沫。但是惠嫂的这只乳房胀得厉害，便决定挤掉一些，惠嫂侧身站到墙边，双手握住了自己的奶子，用力一挤，奶水就喷涌出来了，一条线，带着一道弧线。旺旺一直注视着惠嫂的举动。旺旺看见那条雪白的乳汁喷在墙上，被墙的青砖吸干净了。旺旺闻到了那股奶香，在青石巷十分温暖十分慈祥地四处弥漫。旺旺悄悄走到对面去，躲在墙的拐角。惠嫂挤完了又把儿子抱到腿上来，孩子在哼唧，惠嫂又把衬衣撩上去。但孩子不肯吃，只是拍着妈妈的乳房自己和自己玩，嘴里说一些单调的听不懂的声音。惠嫂一点都没有留神旺旺已经过来了。旺旺拨开婴孩的手，埋下脑袋对准惠嫂的乳房就是一口。咬住了，不放。惠嫂的一声尖叫在中午的青石巷里又突兀又悠长，把半个断桥镇都吵醒了。要不是这一声尖叫旺旺肯定还是不肯松口的。旺旺没有跑，他半张着嘴巴，表情又愣又傻。旺旺看见惠嫂的右乳上印上了一对半圆形的牙印与血痕，惠嫂回过神来，还没有来得及安抚惊啼的孩子，左邻右舍就来人了。惠嫂又疼又羞，责怪旺旺说："旺旺，你要死了。"

旺旺的举动在当天下午便传遍了断桥镇。这个没有报纸的小镇到处在口播这条当日新闻。人们的话题自然集中在性上头，只是没有挑明了说。人们说："要死了，小东西才七岁就这样了。"人们说："断桥镇的大人也没有这么流氓过。"当然，人们的心情并不沉重，是愉快的、新奇的。人们都知道惠嫂的奶子让旺旺咬了，有人就拿惠嫂开心，在她的背后高声叫喊电视上的那句广告词，说："惠嫂，大家都'旺'一下。"这话很逗人，大伙都笑，惠嫂也笑。但是惠嫂的婆婆显得不开心，拉着一张脸走出来说："水开了。"

旺旺爷知道下午的事是在晚饭之后。尽管家里只有爷孙两个，爷爷每天还要做三顿饭，每顿饭都要亲手给旺旺喂下去。那只不锈钢碗和不锈钢调羹和昔日一样锃亮，看不出磨损与锈蚀。爷爷上了岁数，牙掉了，那根老舌头也就没人管了，越发无法无天，唠叨起来没完。往旺旺的嘴里喂一口就要唠叨一句，"张开嘴吃，闭上嘴嚼，吃完了上床睡大觉。""一口蛋，一口肉，长大了挣钱不发愁。"诸如此类，都是他自编的顺口溜。但是旺旺今天不肯吃。调羹从右边喂过来他让到左边去，从左边来了又让到右边去。爷爷说："蛋也不吃，肉也不咬，将来怎么挣钞票？"旺旺的眼睛一直盯住惠嫂家那边。惠嫂家的铺子里有许多食品。爷爷问："想要什么？"旺旺不开口。爷爷说："克力架？"爷爷说："德芙巧克力？"爷爷说："亲亲八宝粥？"旺旺不开口，亲亲八宝粥旁边是澳洲的全脂粉，爷爷说："想吃奶？"旺旺回过头，泪汪汪地正视爷爷。爷爷知道孙子想吃奶，到对门去买了一袋，用水冲了，端到旺旺的面前来。说："旺旺吃奶了。"旺旺咬住不锈钢调羹，吐在了地上，顺手便把那只不锈钢碗也打翻了。不锈钢在石头地面活蹦乱跳，发出冰凉的金属声响。爷爷向旺旺的腮边伸出巴掌，大声说：

"捡起来!"旺旺不动,像一块咸鱼,翻着一双白眼。爷爷把巴掌举高了,说:"捡不捡?"又高了,说:"捡不捡?"爷爷的巴掌举得越高,离旺旺也就越远。爷爷放下巴掌,说:"小祖宗,捡呀!"

是爷爷自己把不锈钢餐具捡起来了。爷爷说:"你怎么能扔这个?你就是这个喂大的,这可是你的奶水,你还扔不扔?啊?扔不扔?——还有七个月就过年了,你看我不告诉你爸妈!"

按照生活常规,晚饭过后,旺旺爷到南门屋檐下的石码头上洗碗。隔壁的刘三爷在洗衣裳。刘三爷一见到旺旺爷便笑,笑得很鬼。刘三爷说:"旺爷,你家旺旺吃人家惠嫂豆腐,你教的吧?"旺旺爷听不明白,但从刘三爷的皱纹里看到了七拐八弯的东西。刘三爷瞟他一眼,小声说:"你孙子下午把惠嫂的奶子啃了,出血啦!"

旺旺爷明白过来脑子里就轰隆一声。可了不得了。这还了得?旺旺爷转过身就操起扫帚,倒过来握在手上,揪起旺旺冲着屁股就是三四下,小东西没有哭,泪水汪了一眼,掉下来一颗,又汪开来,又掉。他的泪无声无息,有一种出格的疼痛和出格的悲伤。这种哭法让人心软,叫大人再也下不了手。旺旺爷丢了扫帚,厉声诘问说:"谁教你的?是哪一个畜生教你的?"旺旺不语。旺旺低下头泪珠又一大颗一大颗往下丢。旺旺爷长叹一口气,说:"反正还有七个月就过年了。"

旺旺的爸爸和妈妈每年只回断桥镇一次。一次六天，也就是大年三十到正月初五。旺旺的妈妈每次见旺旺之前都预备了好多激情，一见到旺旺又是抱又是亲。旺旺总有些生分，好多举动一下子不太做得出。这样一来旺旺被妈妈搂着就有些受罪的样子，被妈妈摆弄过来又摆弄过去。有些疼。有些别扭。有些需要拒绝和挣扎的地方。后来爸爸妈妈就会取出许多好玩的好吃的，都是与电视广告几乎同步的好东西，花花绿绿一大堆，旺旺这时候就会幸福，愣头愣脑地把肚子吃坏掉。旺旺总是在初三或者初四开始熟悉和喜欢他的爸爸和妈妈，喜欢他们的声音，气味。一喜欢便想把自己全部依赖过去，但每一次他刚刚依赖过去他们就突然消失了。旺旺总是扑空，总是落不到实处。这种坏感觉旺旺还没有学会用一句完整的话把它们说出来。旺旺就不说。初五的清早他们肯定要走的。旺旺在初四的晚上往往睡得很迟，到了初五的早上就醒不来了，爸爸的大拖挂就泊在镇东的阔大水面上。他们放下一条小舢板沿着夹河一直划到自家的屋檐底下。走的时候当然也是这样，从窗棂上解下绳子，沿夹河划到东头，然后，拖挂的粗重汽笛吼叫两声，他们的拖挂就远去了。他们走远了太阳就会升起来。旺旺赶来的时候天上只有太阳，地上只有水。旺旺的瞳孔里头只剩下一颗冬天的太阳，一汪冬天的水。太阳离开水面的时候总是拽着的，扯拉着的，有了痛楚和流血的症状。然后太阳就升高了，苍茫的水面成了金子与银子铺成的路。

由于旺旺的意外袭击，惠嫂的喂奶自然变得小心些了。惠嫂总是躲在柜台的后面，再解开上衣上的第二个纽扣。但是接下来的两天惠嫂没有看见旺旺。原来天天在眼皮底下，不太留意，现在看不见，反倒格外惹眼了。惠嫂中午见到旺旺爷，顺嘴说："旺爷，怎么没见旺旺了？"旺旺的爷爷这几天一直羞于碰上惠嫂，就像刘三爷说的那样，要是惠嫂也以为旺旺那样是爷爷教的，那可要羞死一张老脸了。旺旺的爷还是让惠嫂堵住了，一双老眼也不敢看她。旺旺爷顺着嘴说："在医院里头打吊针呢。"惠嫂说："怎么了？好好的怎么去打吊针了？"旺旺爷说："发高烧，退不下去。"惠嫂说："你吓唬孩子了吧？"旺旺爷十分愧疚地说："不打不骂不成人。"惠嫂把孩子换到另一只手上去，有些责怪，说："旺爷你说什么嘛？七岁的孩子，又能做错什么？"旺旺爷说："不打不骂不成人。"惠嫂说："没有伤着我的，就破了一点皮，都好了。"这么一说旺旺爷又低下头去了，红着脸说："我从来都没有和他说过那些，从来没有。都是现在的电视教坏了。"惠嫂有些不高兴，甚至有些难受，说话的口气也重了："旺爷你都说了什么嘛？"

旺旺出院后人瘦下去一圈。眼睛大了，眼皮也双了。嘎样子少了一些，都有点文静了。惠嫂说："旺旺都病得好看了。"旺旺回家后再也不坐石门槛了，惠嫂猜得出是旺爷定下的新规矩，然而惠嫂知道旺旺躲在门缝的背后看自己喂奶，他的黑眼睛总是在某一个圆洞或木板的缝隙里忧伤地闪烁。旺爷不让旺旺和惠嫂有任何靠近，这让惠嫂有一种说不出的难受。旺旺因此而越发鬼祟，越发像幽灵一样无声游荡了。惠嫂有一回抱着孩子给旺旺送几块水果糖过来，惠嫂替他的儿子奶声奶气地说："旺旺哥呢？我们请旺旺哥吃糖糖。"旺旺一见到惠嫂便藏到楼梯的背后去了。爷爷把惠嫂拦住说："不能这样没规矩。"惠嫂被拦在门外，脸上有些挂不住，都忘了学儿子说话了，说："就几块糖嘛。"旺爷虎着脸说："不能这样没规矩。"惠嫂临走前回头看一眼旺旺，旺旺的眼神让所有当妈妈的女人看了都心酸，惠嫂说："旺旺，过来。"爷爷说："旺旺！"惠嫂说："旺爷你这是干什么嘛！"

但旺旺在偷看，这个无声的秘密只有旺旺和惠嫂两个人明白。这样下去旺旺会疯掉的，要不就是惠嫂疯掉。许多中午的阳光下面狭长的石巷两边悄然存放着这样的秘密。瘦长的阳光带横在青石路面上，这边是阴凉，那边也是阴凉。阳光显得有些过分了，把傍山依水的断桥镇十分锐利地劈成了两半，一边傍山，一边依水。一边忧伤，另一边还是忧伤。

旺爷在午睡的时候也会打呼噜的。旺爷刚打上呼噜旺旺就逃到楼下来了。趴在木板上打量对面，旺旺就是在这天让惠嫂抓住的。惠嫂抓住他的腕弯，旺旺的脸给吓得脱去了颜色。惠嫂悄声说："别怕，跟我过来。"旺旺被惠嫂拖到杂货铺的后院。后院外面就是山坡，金色的阳光正照在坡面上，坡面是大片大片的绿,又茂盛又肥沃,油油的全是太阳的绿色反光。旺旺喘着粗气,有些怕,被那阵奶香裹住了。惠嫂蹲下身子,撩起上衣,巨大浑圆的乳房明白无误地呈现在旺旺的面前。旺旺被那股气味弄得心碎,那是气味的母亲,气味的至高无上。惠嫂摸着旺旺的头,轻声说:"吃吧,吃。"旺旺不敢动。那只让他牵魂的母亲和他近在咫尺,就在鼻尖底下,伸手可及。旺旺抬起头来,一抬头就汪了满眼泪,脸上又羞愧又惶恐。惠嫂说:"是我,你吃我,吃。——别咬,衔住了,慢慢吸。"旺旺把头靠过来,两只小手慢慢抬起来了,抱向了惠嫂的右乳。但旺旺的双手在最后的关头却停住了。旺旺万分委屈地说:"我不。"

惠嫂说:"傻孩子,弟弟吃不完的。"

旺旺流出泪,他的泪在阳光底下发出六角形的光芒,有一种烁人的模样。旺旺盯住惠嫂的乳房拖着哭腔说:"我不。不是我妈妈!"旺旺丢下这句没头没脑的话回头就跑掉了。惠嫂拽下上衣,跟出去,大声喊道:"旺旺,旺旺……"旺旺逃回家,反闩上门。整个过程在幽静的正午显得惊天动地。惠嫂的声音几乎也成了哭腔。她的手拍在门上,失声喊道:"旺旺!"

旺旺的家里没有声音。过了一刻旺爷的鼾声就中止了。响起了急促的下楼声。再过了一会儿,屋里发出了另一种声音,是一把尺子抽在肉上的闷响,惠嫂站在原处,伤心地喊:"旺爷,旺爷!"

又围过来许多人。人们看见惠嫂拍门的样子就知道旺旺这小东西又"出事"了。有人沉重地说:"这小东西,好不了啦。"

惠嫂回过头来。她的泪水泛起了一脸青光,像母兽。有些惊人。惠嫂凶悍异常地吼道:"你们走!走——!你们知道什么?"

卖胡琴的乡下人

卖胡琴的乡下人进城之前看过天象。天上有红有白，完全是富态相。卖胡琴的乡下人选择了一个类似于秋高气爽的日子抬腿上路。不过那不是秋季，是冬月。风已经长指甲了。卖胡琴的乡下人一进城天就把他卖了，富态的脸说变就变。华灯初放就下起了雪，霓虹灯的商业缤纷把雪花弄得像婊子，浓妆艳抹又搔首弄姿。雪花失却了汉风唐韵、颜筋柳骨，失却了大洒脱与大自由。都不像雪了。

雪花被城市弄成这样出乎卖琴人意料。乡野的雪全不这样的。肥硕的雪瓣从天上款款而至，安详、从容。游子归来那样，也可以说衣锦还乡那样。六角形的身躯几乎是一种奇迹，在任何时刻都见得永恒，以哪种姿态降生，以哪种姿态消解。哪像城里头这样浮躁过。卖琴人抬起头，想看一眼城里的天，天让高层楼群和霓虹灯赶跑了。城里的天空都不知道在哪儿了。

第二天清早卖琴人出现在小巷。是那种偏僻的雪巷。他的吆喝就是一路演奏他的胡琴，前胸后背挂满了家伙。地上全是薄雪，踩下去是两只黑色脚窝，分出左右。胡琴害怕下雨或下雪，蛇皮在雪天里太紧，雨天又太松，声音显得小家气，蛇皮的松紧是琴声的命。琴的味道全在松与紧的分寸中，在极其有限的局限里头极尽潇洒旷达之能事。钢琴和胡琴比算什么，机器。

胡琴声在雪巷里四处闲逛，如酒后面色微酡的遗少。走了四五条小巷卖琴人的小腿就酸了。卖琴人找了一块干净石阶，掸了雪坐下去。卖琴人很专心地揉弦，手指干枯瘦长，适合于传说中仙人指路的模样。手的枯瘦里总有一股仙气，变成琴声在雪地里仙雾缭绕。传说里圣人的手就不这样，入世之后就不免大鱼大肉，所以圣人的手掌又肥又厚，又温又柔，握了都说好。卖琴人的指头功夫可是有来头的，童子时代在草台戏班练过茶壶功。师傅在茶壶里灌满滚烫的水，水平壶口，卖琴人捧着茶壶，十只指头蜻蜓点水一样飞快地拍打，不能停一拍，不能溢出半滴，要不你的手就熟了。卖琴人的手指在胡琴的蚕丝弦上成了风的背脊，轻柔鲜活而又张力饱满。那种内敛的力在你的听觉上充满弹性韧劲，极有咬嚼。卖琴人十八岁那年得了一个绰号，五指仙。绰号是任何艺人的闯世桨橹，有了它才可以漂泊码头。五指仙靠他的五只指头风靡了三百里水路。人们说，五指仙的五只指头长了耳朵，长了眼睛，长了嘴，能听能看，会说会道，在蚕丝弦上鬼精鬼灵，御风驾电。

卖琴人坐在石阶上一气拉了三个曲目，先是《汉宫秋月》，后是《小寡妇》，再后是《冬天里的一把火》。他低着头拼命地滑弦，模拟火苗的红色跃动，布一样扯来拽去。后来围过来几个人，他们追忆费翔当年的面庞，大红色衣衫在电视屏幕上左颠右跳，一手持话筒，一手做燃烧状，指头全烧着，蹿出华丽火苗。后来居然有人跟着唱了，有板有眼："你就像那，一把火。熊熊火光，照亮了我。"卖琴人抬起头，唬了一跳，以为又坐在草台班上了。

店里走出来一个人。他用巴掌把卖琴人叫起身，伸出食指往他的口袋里撷下一张纸币，再把手背往远处挥了挥，低了头回去。大伙就散了，卖琴人看见纸币的四只角全翘在外头，如一朵罂粟灿然开放，妖娆而又凄绝。卖琴人用揉弦的指头把纸币摘下来，捏在手里，走进店里去。是一个小酒吧，空无一人。卖琴人把纸币平铺在酱色吧台上，大声说，买一碗酒。里头走出来一个疲倦的女人，刚刚完成房事的样子。女人瞟了卖琴人一眼，无力地笑起来，半闭的眼由卖琴人移向毛玻璃酒瓶，懒懒地说，老头，你干一辈子也挣不来这瓶XO。老头出门时自语说，肯定是玉帝老儿的尿。

化雪天冷得厉害。都说霜前冷，雪后寒。卖琴人的肚子饿得旋转起来。卖琴人这辈子就栽在饿上头。那一年冬天草班船冻在了鲤鱼河上，离楚水城还有八九十里水路。他们的日子和河面上结实的冰光一样绝望。花旦桃子说，饱吹，饿唱，五指仙，你陪我溜溜嗓子。五指仙原先准备上岸的，正找不到路，桃子站在青白色的冰面上，指着阳光下通体透亮的河面远处说，这不就是路？他们踩着冰面一气走了老大一会儿，桃子的前额与鼻尖渗出了汗芽。五指仙说，这么冷，你怎么出汗了？桃子说，热死花脸，冻死花旦，冻惯了，焐着自然热。桃子说话时两只手保持着舞台动态，十只白细的指尖兰草一样舒展葳蕤，在胸前娇媚百态。五指仙从来没这么靠近这么逼真地端详桃子的手。看完了五指仙就饿得厉害。饿的感觉很怪，它伴随着另一种欲望翩翩起舞。那种欲望上下蹿动，一刻儿就大汗淋漓了。桃子眯着眼说，你怎么也出汗了？五指仙说，我饿。桃子笑起来，用手背捂着嘴，只留下一只小拇指，意义不明地翘在那儿，仪态万方。桃子伸出另一只手，说，给，给你啃。后来的事就没了方寸。他们上了岸，在雪地上拼命。雪压得格格响。大片大片的冰光烧成刺眼的青白色火焰。

　　开了春事情顺理成章地败露了。桃子倒在了戏台上。桃子歪倒时嘴里正念着一句韵腔。桃子喘着气说，你，你，你，你你你你——呀——啊——这时的桃子就栽了下去。桃子倒在竹台上四下一片嘘声。桃子平静地睁开眼，和戏场里的五指仙对视了。五指仙的脑子里轰地就一下，结实的冰无声地消解了，他就掉进了水里去。五指仙站起身，用一句戏文结束了自己五只指头的仙道生涯。五指仙说："此生休矣。"

卖琴人走上大街。大街是以民族领袖的字号命名的，由南朝北。光秃秃的梧桐树下是年终的热烈气味。这样的气味大异于乡野，如变戏法的人手里的鸽子或猫，说不出来处。拥挤的人行色匆匆，为节前贸易而兴高采烈。广告牌上有些残雪，画中的裸女在严寒之中面如春风，为商业宣传尽忠尽孝。但卖琴人的胡琴贸易没有进展。五指仙对器乐行情显然缺乏基础性认识。城市的概念是卡拉OK，KTV，MTV；城市记忆对胡琴早就失却了怀旧。他的马尾弓也敷了太多的松香，声音出得过于干涩，听出了颗粒，过于沧桑难以唤醒城里人的疲惫听觉。城里人的听觉钙化了，需要平滑和湿润去滋补。胡琴对城市的听觉雪上加霜，城市拒绝胡琴交易合情合理合逻辑。

以民族领袖的字号命名的大街在烤羊肉摊点到了终点。也就是说，羊肉的膻腥之中民族领袖的大街完成了与另一条商业大街的对接。这是一个十字路口。卖琴人目睹了奥迪牌轿车制造的车祸，即奥迪牌车祸。卖琴人看到黑色车拐弯后推倒了一位老年妇女，随后碾了过去，司机出于同情把黑色轿车倒了回去，车轮把老年妇女的内脏和许多液体吐了出来。卖琴人注意到妇女的表情在地上很平静，像新闻的叙事口吻。妇女不停地眨巴眼睛，侧过头看自己的内脏。随后妇女认真地研究车轮和车轮上血红色的"人"字齿印。卖琴人觉得妇女完全是一位旁观者，当事人只是尸体。这样的感觉靠不住。卖琴人呆站了一会儿掉头就走。大街如故。城里人对一切惊变失去了兴趣,他们的激情在年终贸易,即买与卖。死亡因为失去了买与卖的可能,在大街的交叉处变得味同嚼蜡。这时候尸体旁的鲜血红艳艳地蜿蜒开来,在冬天的水泥地上汹涌着热气,呈"之"字形吃力地爬行。血流上了积雪,雪白的积雪在血的入口处化开了一个黑色窟窿。卖琴人没有看见这个色彩变化。他的背影忽视了这一细节。卖琴人的耳朵里充满了汽车喇叭声,想象不出这样的声音是怎么弄出来的。

卖琴人夹在人缝里敏锐地捕捉到了另一把胡琴的声音。声音不沉着,但肯定是一把胡琴。卖琴人挤进店里去,看见一张电子琴正在模拟胡琴的伤感调子。卖琴人站在柜台前闻到了黑白键盘上奇怪的气味,十分唐突地问,这是什么?营业员情绪特别好,说,雅玛哈。卖琴人说,怎么是胡琴的声音?营业员说,只要有电,它学什么是什么。卖琴人抬起一条腿,端起胡琴拉了一段琶音,说,这才是胡琴。营业员说,你干什么?买琴?卖琴人说,我是卖琴的。营业员笑起来,说,这里只有一个卖琴人,是我,您走好。卖琴人走出商店后他的故事成了笑柄,他的背影显得滑稽可笑。卖琴人总是忽视背影,这不仅仅是他的错。卖琴人离开商店时恶狠狠地说,他娘的,花活。

当年"花活"这句话差点断送了如日中天的五指仙,用这话评点五指仙的是一位算命瞎子。他坐在树下等待生意上门时一律拉他的胡琴。算命瞎子是个戏迷,完全不理会"瞎子看戏凑热闹"这句著名谚语，坚持有戏必看。五指仙和他的会面既像一次邂逅，又像一次命中注定。他们的相遇是在一个清晨，那时候轻风拂面，远处鸡鸣。五指仙坐在河岸边练功，听见后头有人说，你就是五指仙？五指仙架好弓回头看见一个瞎子。五指仙说你别过来，这里路滑。瞎子说，我看得见。瞎子说，你的弦上功夫名不虚传，弓上头却远不到家。瞎子要过胡琴一口气拉了七个把位的琶音。他的运弓充满气韵，如初生赤子的啼哭，力道来自母体而非五谷杂粮。瞎子说，笛子的眼位全定在那儿，气息的轻重尚且能使声音变化万千，胡琴靠着两根弦，手指的把位不定，越发需要气息去整理，要不全飘了。那只弓就是气息，气顺、气旺、气沉，才不致心浮。你玩的是花活，弓不听你的话，又怎么肯为你呼风唤雨？听不见风雨看不见日月，宇宙大千离你就远了，就剩下一堆声音，狗屎一样屙在耳朵里。

五指仙放下胡琴双手合十，颠来倒去比较两只手。五指仙一直以为两只手是完全一样的，现在才看见走了眼了，两码子事，是两样完全相反的东西，仅仅是生得对称，相似。这个错觉极其致命。它隐藏在最显要的地方，在你大悟的瞬间龇牙咧嘴。五指仙举起左手对桃子说，我不拉了，你看，是五根狗屎。桃子把五指仙的左手掴在掌心里，说，没一点花活，你不真成仙了，皇天、后土、雷公、电母还往哪里藏？俗，你才能活，要不然雷公不劈你？

天冷得厉害。高楼风在街道中央逆时针旋转，许多女人的头发散乱开来，遮住了眼，呈现媚态万种。卖琴人失去了吆喝的兴趣，抄着手跟在城里的脚步后头。卖琴人最终给饥饿说服了，走到了馄饨摊前。卖馄饨的也是一个老头，脸上均和，不见风霜。卖琴人说，老哥，肚子里没油水了，想听什么你点什么。卖馄饨的小心地看过左右，悄声说，《思凡》折里《风吹荷叶煞》，如何？卖琴人说，那是京胡曲，我拉的是胡琴。卖馄饨的说，那就《听松》。卖琴人知道遇上了里手，如实说，我的弓上力道差，加上饿，拉不动，我来一段《潇洒走一回》，也是刚学。卖琴人坐在小凳子上摆开阵势，只拉了两句，手就让卖馄饨的捂紧了。卖馄饨的弯着腰说，先生是谁？先生到底是谁？遇上知音卖琴人羞得满脸难看，他低着眼望着卖馄饨人手指尖上的条形茧，说，羞于启齿。卖琴人说，先生是谁？卖馄饨的怔在那里，最后说，羞于启齿。这时候大街一片熙攘，一小伙子骑着单车在自行车道上飞驰，后座架上夹了一桶黄色油漆，一路漏下鲜艳明亮的柠檬黄，灰色大街立即拉出了一道活泼动感的光。许多人驻足观望，小伙子威风八面，呼啸而去。在这个精彩过程中两位生意老人匆匆告别，头也不敢回。

知音相遇作为一种尴尬成了历史的必然格局。卖琴人站在这个历史垛口，看见了风起云涌。历史全是石头，历史最常见的表情是石头与石头之间的互补性裂痕。它们被胡琴的声音弄得彼此支离，又彼此绵延，以顽固的冰凉与沉默对待每一位来访者。许多后来者习惯于在废墟中找到两块断石，耐心地对接好，手一松石头又被那条缝隙推开了。历史可不在乎后人遗憾什么。它要断就断。

又下雪了。卖琴人站在水泥屋檐下收紧了裤带和脖子。他的对面是一个斜坡，拉得很长。斜坡与斜坡之间是两个马路圆盘，数不尽的车在这两个圆盘上呆头呆脑呈逆时针运转。人类的运行必须采纳这个流向，和时间背道而驰。这样的姿态使每一个运动着的物质处于常恒。卖琴人站在这两个逆时针运转的斜坡之间，遗忘了生计与胡琴贸易，对雪花中匆匆而下的车流视而不见。许多车轮在转。城市就是这样一种东西：任意找一个观察点，城市都会把本质和盘托出，在车轮滚滚之中尽现世间万方。这和当初的戏台结论大有不同，老板的一句名言千古传诵，老板说，流水的看客铁打的戏。

这时候斜坡上滑倒了一辆自行车。斜坡上的倒车具有启发性，大雪中一辆又一辆自行车顺应一种因果关系翻倒在地。人类的翻倒完全可以佐证多米诺骨牌理论，转眼间整个斜坡堆满了车轮与大腿，宛如一场战争的结局。大街挤满了汽车喇叭、自行车铃铛和人们的叫骂，卖琴人听而不闻。他转过身，用背影告别了这个乱哄哄的状态，最终消失在雪中。

卖琴人混了两碗牛肉拉面后躺进了圆柱形水泥管道。胡琴的琴弦被风吹出了哨声，像母亲哄婴儿撒尿。风用了跳弓。圆柱形水泥管道比人还高，这样光滑规整的空间给人以无限新奇。卖琴人从管道里捡起两块手帕和一副手套，黏满精液与血污，被冻得又皱又硬。卖琴人把它们扔了，手套被风吹起来，一动一动，像抠摸什么。这时候远处传来卡拉OK，一股烤羊肉的味道。

马家父子

老马的祖籍在四川东部，第一年恢复高考老马就进京读书了。后来老马在北京娶了媳妇，生了儿子。但是老马坚持自己的四川人身份，他在任何时候都要把一口川腔挂在嘴上。和大部分固执的人一样，他们坚信只有自己的方言才是语言的正确形式，所以老马不喜欢北京人过重的卷舌音，老马在许多场合批评北京人，认为他们没有好好说中国话，"把舌头窝在嘴里做啥子么？"

老马的儿子马多不说四川话。马多的说话乃至发音都是老马启蒙的，四川话说得不错。可是马多一进幼儿园就学会用首都人的行腔吐字归音了，透出一股含混和不负责任的腔调。语言即人。马多操了一口京腔就不能算纯正的四川娃子。老马对这一点很失望。这个小龟儿。

马多这个名字你可以知道老马是个足球迷。老马痴迷足球。痴迷那个用左脚运球的阿根廷天才马拉多纳。老马希望自己的儿子能成为绿色草皮上的一代天骄，盘带一只足球，在地球的表面上霸道纵横。但是马多只是马多，不是马拉多纳。马多只是他们班上的主力前锋，到了校队就只能踢替补了。然而老马不失望。马拉多纳是上帝的奢侈品，任何人都不应当因为儿子成不了马拉多纳而失望。

老马这些年一直和儿子过，他的妻子在三年之前就做了别人的新娘了。离婚的时候老马什么都没要，只要了儿子。那时候马多正是一个十岁的少年，而老马的妻子都三十四岁了。妻子不服老，都三十四岁了还红杏枝头春意闹。老马在第二年的春天特意到植物园看了一回红杏树。红杏枝头，多么危险的地方。妻子硬是在这么一个危险的地方开始了自己的第二个春天。老马记得妻子和自己摊牌时的样子，她倚在卫生间的门框上，十分突兀地点了一根烟，骆驼牌，散发出混合型烤烟的呛人气味。妻子猛吸了一口，对老马说："我要离。"妻子没有说"我要离婚"，而是说"我要离"。简洁就是力量，简洁也就是决心。她用标准的电报语体表达了决心的深思熟虑性与不可变动性，随后便默然了。她在沉默的过程中汪了一双泪眼，她用那种令人怜惜的方式打量丈夫。老马有些意外，一时回不过神来。老马用四川话说："离婚做啥子么？我那（哪）个地方对不起你了么？"妻子听了这话便把脑袋侧到卫生间的里口，她用近乎控诉的语调失声说："你没有对不起我，是生活对不起我。——这个鬼地方，我的大腿都叉不开！"老马的住房只有十七个平方，小是小了点，可是把大腿叉开来肯定是没有问题的。老马不说话。知道她在外头有人了，要不然也不会把骆驼牌香烟抽得这么姿态动人。这个女人在外头肯定是有人了，这个女人这一回一定是铁了心了。女人只有铁了心了才会置世界人民的死活于不顾。老马很平静。老马在大病过后一直惊奇当初的平静。他走到妻子身后，接过她手里的烟，埋着头只顾抽。后来老马抬起头，像美国电影里的好汉那样平静地说："耗（好）。龟儿子留啥（下）。"

儿子留下了，妻子则无影无踪。老马在生病的日子里望着自己的儿子马多，想起了失败，想起了马拉多纳输掉了一生。失败的生活只留下一场查不出的病；失败的婚姻只留下孩子这么一个副产品。其余的全让日子给"过"掉了，就像马拉多纳"过"掉那些倒霉的后卫。

老马什么都可以不要，但是儿子不能。儿子是老马的命。老马在离婚之后对儿子的疼爱变得走样了，近乎覆盖，近乎自我，近乎对自己的疯狂奴役。老马在醉酒的日子多次想到过再婚，老马的岁数往四十上跑了，正处于一个男人由"狼"而"虎"的转型期，身体内部的"虎"、"狼"每天都在草原上款款独步。它们远离羊群，饿了肚子，时刻都有冲刺与猛扑的危险性。它们和"红杏枝头"一样危险，稍不留神就会把羊脖子叼在自己的嘴里了。那可是伟大的"爱情"呢？爱情不是欲望又能是什么？而婚姻不是爱情又能是什么？所以老马时刻警惕自己，用马多的身影赶走那些绰约和袅娜的身姿，赶走时刻都有可能琅琅作响的剑胆琴心。儿子马多不需要后妈，当老子的唯一可做的事情就是把裤带子收收紧，然后，弄出一副平心静气的模样来，对自己说："你不行了，软了，不中用了。"于是老马就点点头，自语说："不行了，软了，不中用了。"

儿子马多正值青春，长了一张孩子的脸，但是脚也大了，手也大了，嘎着一副公鸭嗓子，看上去既不像大人又不像孩子，有些古怪。马多智能卓异，是老马面前的混世魔王。可是马多一出家门就八面和气了。马多的考试成绩历来出众，只要有这么一条，马多在学校里头就必然符合毛泽东主席所要求的"三好"与小平同志所倡导的"四有"。马多整天提着一支永生牌自来水笔到校外考试，成绩一出来那些分数就成了学校教学改革的成果了。学校高兴了，老马也跟着高兴。老马在高兴之余十分肉麻地说："学校就是马多他亲妈。"这句话被绿色粉笔写在了黑板上，每个字还加上了粉色边框。

在一个风光宜人的下午老马被一辆丰田牌面包接到了校内。依照校方的行政安排，老马将在体育场的司令台上向所有家长作二十分钟的报告。报告的题目很动人，很抒情，《怎样做孩子的父亲》。许多父亲都赶来了。他们就是想弄明白到底怎样做孩子的父亲。

老马是在行政楼二楼的厕所里头被马多堵住的。老马满面春风，每一颗牙齿都是当上了父亲的样子。老马摸过儿子的头，开心地说："嗨！"马多的神情却有些紧张，压低了嗓门厉声说："说普通话！"老马眨了两回眼睛明白了，笑着说："晓得。"马多皱了眉头说："普通话，知不知道？"老马又笑，说："兹（知）道。"马多回头看了一眼，打起了手势，"是 zhī dao，不是 zī dao。"老马抿了嘴笑，没有开口，再次摸过儿子的头，很棒地竖起了一只大拇指。马多也笑，同样竖起一只大拇指。父子两个在厕所里头幸福得不行，就像一九八六年的马拉多纳在墨西哥高原捧起了大力神金杯。

老马在回家的路上买了基围虾、红肠、西红柿、卷心菜、荷兰豆。老马买了两瓶蓝带啤酒、两听健力宝易拉罐。老马把暖色调与冷色调的菜肴和饮料放了一桌子，看上去像某一个重大节日的前夜。老马望着桌子，很自豪地回顾下午的报告。他讲得很好，还史无前例地说了一个下午的普通话。他用了很多卷舌音，很多"儿化"，很不错。只是马多的回家比平时晚了近一个小时，老马打开电视，赵忠祥正在解说非洲草原上的猫科动物。马多进门的时候没有敲门，他用自己的双象牌铜钥匙打开了自己的家门。马多一进门凭空就带进了一股杀气。

老马搓搓手，说："吃饭了，有基围虾。"老马看了一眼，说："还有健力宝。"

马多说:"得了吧。"

老马端起了酒杯,用力眨了一回眼睛,又放下,说:"我记得我说普通话了嘛。"

"得了吧您。"

老马笑笑,说:"我总不能是赵忠祥吧。"

马多瞟了一眼电视说:"你也不能做非洲草原的猫科动物吧。"

老马把酒灌下去,往四周的墙上看,大声说:"我是四川人,毛主席是湖南人,主席能说湖南话,我怎么就不能冒出几句四川话!"

马多说:"主席是谁?右手往前一伸中国人民就站立起来了,你要到天安门城楼上去,一开口中国人民准趴下。"

老马的脸涨成紫红色,说话的腔调里头全是恼羞成怒。老马呵斥说:"你到坦桑尼亚去还是四川人,四川种!"

"凭什么?"马多的语气充满了北京腔的四两拨千斤,"我凭什么呀我?"

"我打你个龟儿!"

"您用普通话骂您的儿子成不成?拜托了您哪。"

老马在这个糟糕的晚上喝了两听健力宝,两瓶蓝带啤酒,两小瓶二两装红星牌二锅头。那么多的液体在老马的肚子里翻滚,把伤心的沉渣全勾起来了。老马难受不过,把珍藏多年的五粮液从床头柜里翻上桌面，启了封往嘴里灌。家乡的酒说到底全是家乡的话，安抚人，滋润人，像长辈的询问一样让人熨帖，让人伤怀。几口下去老马就痴掉了。老马把马多周岁时的全家福摊在桌面上，仔细辨认。马多被他的妈妈搂在怀里，妻子则光润无比地依偎在老马的胸前，老马的脸上胜利极了，冲着镜头全是乐不思蜀的死样子。儿子，妻子，老马，全是胸膛与胸膛的关系，全是心窝子与心窝子的关系。可是生活不会让你幸福太久，即使是平庸的幸福也只能是你的一个季节，一个年轮。它让你付出全部，然后，拉扯出一个和你对着干的人，要么脸对脸，要么背对背。手心手背全他妈的不是肉。对四十岁的男人来说，只有家乡的酒才是真的，才是你的故乡，才是你的血脉，才是你的亲爹亲娘，才是你的亲儿子亲丫头。老马猛拍了桌子，吼道："马多，给老子上酒。"

马多过来，看到了周岁时的光屁股，脸说拉就拉下了。父亲最感温存的东西往往正是儿子的疮疤。马多不情愿看自己的光屁股，马多说："看这个干什么？"老马推过空酒杯，说："看我的儿。"马多说："抬头看呗。"老马用手指的关节敲击桌面，冲着相片说："我不想抬头，我就想低下头来想想我的儿子。——这才是我的儿，我见到你心里头就烦。"

"喝多了。"马多冷不丁地说。

"我没有喝多！"

马多不语，好半天轻声说："喝多了。"

老马在平静的日子里一直渴望与儿子马多能有一次对话，谈谈故乡，谈谈母亲或女人，谈谈生与死，谈谈男人的生理构造、特殊时期的古怪体验，乃至于梦中的画面，梦的多能性与不可模拟性。老马还渴望能和儿子一起踢踢足球，老马坐镇中场，平静而自如地说起地面分球，沿着儿子马多的快速启动来一脚准确传送。然而老马始终不能和儿子共同踢一只足球，不能和儿子就某一个平常的话题说一通四川话。儿子马多不愿意追忆故乡，儿子马多不愿意与四川人老马分享四川话的精神神韵。儿子马多的精神沿着北京话的卷舌音越走越远，故意背弃着故土，故意背弃老马的意愿。老马只能站立在无人的风口，来一声长叹，用那种长叹来凭吊断了根须的四川血脉。

离开故乡的男人总是在儿子的背影上玩味孤寂。老马叹息说："这个杂种龟儿。"

星期天下午是中国足球甲A联赛火拼的日子。老马怎么也不该在这一个星期天的下午陪儿子去工人体育场看球的。因为有四川全兴队来北京叫板，老马买了两张票，叫上了儿子马多，开心地说："儿子，看球去。"

老马和马多坐在四川球迷的看台上。只要有全兴队的赛事四川的球迷就成了火锅。他们热血沸腾，山呼海啸，冲着他们的绿茵英雄齐声呼喊："雄起！雄起！"

马多侧过脸，问父亲说："雄起"是什么意思？

父亲自豪地说："雄起就是勃起，我们四川男人过得硬的样子。"

马多的双手托住下巴，脸上是那种很不在乎的神气。马多说："咱北京人看球只有两个词，踢得棒，牛Bi；踢得臭，傻Bi。"

草皮上头绿色御林军与四川的黄色军团展开了一场伟大的对攻。数万球迷环绕在碗形看台上，兴奋得不行。马家父子埋在人群里，随场上的一攻一守打起了嘴仗。父亲叫一声"雄起"，儿子马多则说一声"傻Bi"；相反，老马黯然神伤了，儿子马多就会站起来，十分权威十分在行地点点头，自语说："牛Bi。"

首都工体真是北京国安队的福地，四川男人在这里就是过不硬。四川全兴没有"雄起"，而北京国安却潇潇洒洒"牛Bi"了一把。儿子马多很满意地拍拍屁股，侧过脸去对老马说："看见没有？牛Bi。"

老马，这位四川全兴队的忠实球迷，拉下了脸来，脱口说出了一句文不对题的话："晚上回去你自己泡康师傅！"

儿子马多拖着一口京油子的腔调说："说这么伤感情的话忒没劲，回头我煮一锅龙凤水饺伺候您老爷子。"

老马站起来退到高一级的台阶上去，不耐烦地说："你说普通话耗（好）不耗（好）！别弄得一嘴京油子耗（好）不耗

(好)!"

"成。"马多说,"儿子忒明白您的心情。"

然而北京国安队在数月之后的成都客场来得就不够幸运,他们被一浪高过一浪的四川麻辣烫开得阵脚大乱。他们的脚法不再华美,他们的切入不再犀利,他们的渗透不再像水银那样灵动,那样飘忽不定,那样闪闪发光。他们的软腿露出了"傻Bi"的糟糕迹象,一句话,四川人彻底"雄起"了,五万多四川人一起用雄壮的节奏跟随鼓点大声呼叫,咚咚咚,雄起!咚咚咚,雄起!

老马坐在自家的卧室里听到了同胞们的家乡口音。老马不是依靠中央五套的现场转播,而是只用耳朵就听到了巴蜀大地上的尽情呐喊。马多歪在沙发上,面色沉郁,一副惹不起的样子。老马斜了儿子马多一眼,钻到卫生间里去了。老马掏出小便的东西,等了一会儿,没有,又解开裤子,坐下去,别的东西也没有。但是老马心花怒放,积压在胸中的阴霾一扫而光了。老马拉开水箱,把干干净净的便槽哗里哗啦地冲过一遍,想笑,但是止住了。老马从卫生间里出来,搓搓手,说:"儿子,晚上吃什么?"

马多望着父亲,耷拉着眼皮说:"你乐什么?"

"没有哇,"老马不解地说,"我乐什么了?"

"您乐什么?"

"我去买点皮皮虾怎么样?"

马多一把就把电视机关了。"您乐什么?"

"我真的没有乐。"

马多撇下他的嘴唇。他的撇嘴模样让所有当长辈的看了都难堪。马多说:"别憋了,想乐就乐,我看您八成儿是憋不住了。"

老马站在卫生间的门口,真的不乐了。一点都乐不出来了。

"我怎么就不能乐了?我凭什么不能乐?家乡赢球,老子开心。"

"可是您憋什么呀您?您乐开了不就都齐了?您憋什么呢您。没劲透了,傻Bi透了。"

"谁傻Bi?马多你说谁傻Bi?"

"都他妈的傻Bi透了。"

老马突然就觉得胸口被什么东西撕开了一条缝,冷风全进去了,那不是四川的风,是北方的冷空气,伴随了哨声与沙砾。老马想起了妻子和他摊牌的样子,想起了这些年一个孩子给他的负重与委屈,想起了没有呼应的爱与寂寞,老马就剩下心爱的足球和远方的故乡了,可是在家里开心一下都不能够。老马的泪水一下子就汪开了。老马抡起右手的巴掌,对着马多的腮帮就想往下抽。老马下不了手。老马咬着牙大声骂道:"你傻Bi,你这小龟儿,你这小狗日的!"

051

"我可是你日的,"马多说,"怎么成狗日的了?"

老马一巴掌抽到自己的脸上,转过身去对着自己的鞋子说:"我这是当的什么老子?龟儿,你当我老子,我做你的儿子耗(好)不耗(好)?耗(好)不耗(好)?"

写　字

当父亲的做决定往往是心血来潮的，这是父性的特征之一。一清早父亲把我叫到他的面前，用下巴命令我坐下来。父亲说："从今天起，你开始学写字。"这个决定让我吃惊。我在那个清早还不能用"当头一棒"来概括我的心情，但是我已经感受到了，父亲的决定给我当头一棒。

我才七岁，离"上学"这种严肃正确的活法还有一段日子。更关键的是，现在刚刚是暑假，就是连学校里的学生也都放空了。父亲的决定在这个时刻显得空前残酷。他是学校里仅有的两个教师之一，而另一位教师恰恰就是我的母亲。我坐在小凳子上，拿眼睛找我的母亲，我的母亲不看我，正往牙刷上敷洒盐屑。她每天清晨都要用一把刷子塞到自己的口腔里头，刷出鲜血和许多空洞的声音。母亲不看我，只给我一块背。我知道她和父亲已经商量好了，有了默契，就像宰猪的两个屠夫，一个拿刀，一个端盆。过去母亲可不是这样的。过去父亲一对我瞪眼，我就把脸侧到母亲那边去，而母亲一定会用两眼斜视我的父亲。那样的目光就像电影上的无声手枪，静悄悄地就把事情全办掉了。

父亲是教识字的老师，母亲教的是识数。识字和识数构成了这所乡村小学的全部内容与终极目标。村子里的人都说，人为什么要长两只眼，两只耳？说到底就是一只用于识字，而另一只用于识数。就是长两只手也是和写字和数数联系在一起的。一句话，人体的生理构造完全是由识字、识数这两件大事所决定的。如果一个人既不识字又不识数，这个人就不能算人。如果只通其一，他的人体肯定就只有一半。只能是这样。这个道理不错。我懂。关键是我才七岁，而刚刚又放了暑假。这段日子里我忙于观察我的南瓜，是我亲手种的。它们长在围墙的底下，一块隐蔽的地方。我用我的小便哺育了它。即使在很远的地方我也会把小便保留在体内到家之后幸福地奉献给我的南瓜。可是我的南瓜长得很慢，就像我的个子，一连四五天都不见起色。我知道它们都在长，我的南瓜，我的个子。然而成长过于寓动于静了，看上去没有任何蛛丝马迹。我渴望仅靠肉眼就能观察到南瓜或个子的一次质的飞跃。这样的好事从来就没有发生过。成长实在是一种烦恼。

现在，一切都停下来了。成长现在放在了写字之外，成了副业。我要跟父亲学写字了。父亲在一张白纸上画上了许多小方格，方格里头再画上"米"字形虚线。我把许多笔画组合成方块涂抹在"米"字虚线附近，父亲严肃无比地说："这就是字。所有的字都要附在'米'字周围，一离开就不成规矩了。"我在第一天上午学会了三个字：水、米、火。父亲说："水加上米，用火烧一烧，就成了饭。"但是父亲留下了悬念，他没有告诉我"饭"字的写法。然而，水，米，火，这三个字构成了我对汉字及生活的基本认识。它们至关重要，是我们生活的偏旁部首。

学校总是有一块操场的，而这块操场在暑期里头就是我家的天井了。操场不算大，但是相对于天井来说它又显得辽阔了。因为写字，我整天被关在这个天井里头。我望着操场上的太阳光，它们锐利而又凶猛，泥土被晒得又白又亮，表层起了一层热焰，像抽象的燃烧，没有颜色，只有妖娆的火苗，写字的日子里我被汉字与大太阳弄得很郁闷，在父亲午睡的时候我望着太阳光，能做的事情只有叹息和流汗。这两件事都不要动手，不要动手的事做起来才格外累人。叹息和流汗使我的暑期分外寂寞。

这样的时刻陪伴我的是我的南瓜。我喜欢我的南瓜。乡村故事和乡村传说大部分缠绕在南瓜身上，被遗忘的南瓜往往会成精，在瓜熟蒂落时分，某种神秘的动物就会从藤蔓上分离出来，而另一种说法更迷人，当狐狸在遭受追捕时它们会扑向南瓜藤，在千钧一发之际狐狸会十分奇妙地结到瓜藤上，变成瓜。这样的事情我都没有见过，但是，我向往南瓜身上的鬼狐气息，它们的故事总是像瓜藤一样向前延展，螺旋状，伸头伸脑。基于这种心情，我主动向父亲询问了"南瓜"、"瓜藤"这一组汉字的写法。但是父亲拒绝了"狐狸"这两个字。由于没有"狐狸"这两个汉字做约束，狐狸的样子在我的想象里头越发活蹦乱跳了，水一样的不能成形。

我的南瓜们长得很美好，它们就在围墙的下面，贴墙而生，它们扁而圆，像蜷曲着身躯盘踞于叶片底下的狐狸，它们闭着眼，正在酣眠。在某一个月亮之夜，我的狐狸们一定会睁开眼睛的，然后，贴墙而行。

我的功课完成得相当顺畅，在专制下面我才华横溢，会写的字越来越多。父亲把我写成的字贴在实物上，诸如"桌子"贴在桌子上，而"毛主席"贴在他老人家的石膏像上。有一点让我非常惊奇，在专制下面，我越来越喜爱专制了。我主动要求写字，以积极巴结的心情去迎合奉承专制。我甚至在下课的时候十分讨好地说："再写几个吧。"父亲便拉下脸来，说："按我说的做。我说什么，你做什么，说多少，做多少。"专制不领巴结的情，只有服从。这是专制的凌厉处，也是巴结的无用处。然而，我写字的瘾是吊上来了。在父亲给我放风的时候，我拿起一把锋利的小尖刀走上了操场。操场上热浪滚滚。傍晚时分正是泥土散热的时候，一股泥土的气味笼罩了我，又绵软又厚润。我蹲在操场上，开始了书写。我写的不是字，而是句子。与父亲的教导不一样，我的自由书写远离了柴米油盐酱醋茶，远离了日常生活与基本生存，一上来我就不由自主地写下了这样的一行：

我是爸爸。

接下来就是批判。我用"坏"、"狗屁"、"死"和"他妈的"等词汇向我的敌人进行了疯狂攻击。"打倒小刚坏吃狗屁"。我一定要用粉笔把这句狗屁不通的话写到他家的土基墙上去。我的字越写越大，越写越放肆。我甚至用跑步这种方式来完成我的笔画了。整个夏季空无一人，我站在空旷的操场上，一地的汉字淹没了我。那些字大小不一，丑陋不堪，伴随了土地的伤痕和新翻的泥土。但是我痛快。我望着满地的疯话，它们难于解读，除了天空和我，谁都辨不清楚。我的心中充盈了夏日里的成就感，充盈了夏日黄昏里痛苦的喜悦。我是爸爸。

夜里下了场雷暴雨。我听到了。天空把雨水、神经质的电光和蛮横的雷声一起倒下来了。我听到了，睡得很凉快。一大早起来父亲便教了我几个字：雷、闪、电。写完字我去屋后看望了南瓜。它们被夜里的雷雨弄得越发娇媚了，那一只最大的格外绿，它的样子最适合于秋后做种瓜。等它的颜色变成橘红，它会像一只跃起的红狐狸，行将参与到所有狐仙的故事里去。

这个上午令我最为愉快的是操场。一夜的暴雨把操场洗刷得又平整又熨帖，干干净净，发出宁和的光。所有的字都让雨水冲走了。我守望着操场，舍不得从上面走。只要脚一踩上去泥土就会随鞋底来，留下一块伤疤。我在等太阳。太阳一出来操场就会晒硬的，到那时，平展熨帖的操场没有负担，可画最新最美的图画，可写最新最美的文字。

我决定在这一天从父亲那里把"狐狸"两个字学过来，把我知道的狐狸的故事都写下来，写满整个操场。我渴望在干净平展的操场上出现许多小狐狸，它们是银色的或火红的，它们窜来窜去，在干净的操场上留下许多细密的爪印。故事的开头是我自己，我必须把自己写到故事里去。我在某一天夜里遇到一位白胡子老人，就在故事开始的那一天。老人给了我一把银钥匙，银钥匙通身晶亮。白胡子老人说："去，把那只最大的南瓜打开来。"我是用这把银钥匙打开我的南瓜的。钥匙插进南瓜之后我的南瓜就像两扇门那样十分对称地分开了。南瓜籽全掉了下来，它们在月光底下全部变成了银狐狸，它们的身姿无限柔滑，尾巴像没有温度的火苗，伴随着月亮白花花地燃烧。这群狐狸四处奔跑，替我完成了识字与识数。它们近乎魔术的手法了却了我的全部心愿。然后，天亮了，它们一起回来，重新结到瓜蔓上去，一只南瓜引发的故事，最终以千万只南瓜收场了。和种瓜得瓜一脉相通。

但是父亲没有告诉我"狐狸"的写法,而操场也面目全非了。

操场的毁坏关系到一个人,王国强。这是一个长相非常凶恶的男人。一夜的雷暴雨冲坏了他们家的猪圈。为了修理猪舍,王国强,这个狗屁东西,居然把他家的老母猪和十六只小猪崽赶到学校的操场上来了。我的光滑平整的操场表面被一群猪弄得满目疮痍。我自己都舍不得下脚,居然让猪糟蹋了,这叫我伤心。我对这群猪怒目而视,可它们不理我。老母猪的步伐又从容又安闲,就差像人一样把两只前爪背到后背上去了。而小猪崽更开心,它们围绕在老母猪周围,不时到母猪的怀里咬住奶头拱几口。

我回到家,对母亲大声说:"你看,操场全弄破了!"母亲抬头看了几眼,说:"哪儿?操场怎么会破掉?"

夏日里的阳光说刺眼就刺眼了。太阳照在操场上,那些丑陋的、纷乱的猪爪印全让太阳烤硬了,成了泥土表面的浮雕。这些猪爪印像用烙铁烙在了我的心坎上,让我感受到疼痛与褶皱,成为一种疤,抚不平了。

接下来父亲教会了我下列汉字:猪,猪崽,践踏,烙铁,疤。

还是暴雨最终抚平了操场。夏日里的暴雨一场连着一场,是暴雨与大太阳的交替完成了我们的暑期。某一天上午我惊奇地发现,操场又平复如初了,又恢复到当初可爱的样子,可画最新最美的图画，好写最新最美的文字了。我拿了一只小铲锹，把一些坑凹补牢了。我做得格外认真，格外小心，我一定要在这个操场上上演一回狐狸的故事。

为了防止意外，我在小巷口等待王国强。只要他答应不把猪群放到操场上来，我承诺，我送给他一只中等的南瓜。我的南瓜再有几天就长成了，它们由青变成了红色，表面上生了一层橘红色的粉屑。它们在那只大南瓜的带领下静卧在瓜藤的边沿，时刻预备着启动某一个故事。

王国强说："小东西，你哪里有南瓜？"

我说："我有。我种的，就在屋后的角落里头。我每天往根里头撒尿呢。"

王国强的脸上全是大人的表情。他相信我的话，这个我看得出来。但是王国强说："小东西，说谎不长牙的。"他这么一说我就急，我说："我带你去看。"王国强笑笑说："看什么看？谁在乎你的南瓜。"

第二天是一个晴朗的天，一颗无限美好的太阳正准备向天空升起。我在起床之后四周转了转，八月底的清晨实在不错，有了一丝秋天的凉意，我来到屋后，再看看我的南瓜，再过两三天我真的要把它们摘下来了。

但是我的南瓜不见了。那些橘红色的大南瓜和小南瓜没有留下一颗，它们真的像一群火狐狸，说逃就逃光了，只给我留下藤蔓上的断口。我伤心地注视那些断口，这不是瓜熟蒂落的痕迹。南瓜在脱离藤蔓之际一定受到了蛮横的扭掐与拉扯。那只最大的南瓜甚至连藤蔓都不见了。那些美妙的瓜藤与瓜叶在失去南瓜之后反而失去了依附，变得丑陋而衰老了。这样的迹象使人觉得南瓜不是结在藤上的，而是相反，藤蔓是从瓜里延伸出来的。瓜被偷了，它们便失去了根。

我的心情一下子就枯萎了，上面全是断口。

父亲在门口大声喊道："写字了！"

一见到父亲我的眼泪就下来了。我失声说："全跑了。"父亲想不出什么全跑了。没有理我。

操场上洒满了阳光。操场的表面是一种早晨的表情。

南瓜是让王国强偷走的，这一点可以肯定。但是王国强在当天中午竟对我说："小东西，南瓜呢？"他脸上的样子真让人恶心。这样的人总是别人的灾难。我没有理他。但我心中的愤怒不可遏止。我拿起一条树枝，回到操场上，沿着长方形的操场边沿划了一圈，写了这样一个古怪的字：

而后在两个对角打一个深深的"×"。

王国强跟过来。他站在操场上，就站在自己的名字里头，他反而不认识自己的名字了。他的名字和操场一样大，还打了"×"，这个太大的名字恰恰使他无法辨认了，还不如写一行"打倒王国强吃狗屁"好。但是，刚才凶猛的行动消耗了我，我提着树枝，不停地喘息。王国强恬不知耻地说："写什么呢？"我丢下树枝，伤心不已。我走回家，我要对父亲说，写字有什么用？你给我把南瓜从他的嘴里抠出来。父亲刚好从家里出来，他显得怒气冲冲。父亲说："哪里去了？写字了！"

　　为了调动我的情绪，父亲为我写下了我渴望已久的两个汉字"狐狸"。父亲微笑着对我说："跟我读，hu li。"

　　这个世界哪里还有狐狸？哪里还有"hu li"这两个字？所有的狐狸全都沿着我的童年逃光了。天不遂人愿，这是失去狐狸的征兆之一。父亲说："跟我读，hu li。"

　　我读道："母猪。"父亲说："hu li。"我说："母猪。"父亲厉声说："再读'母猪'就把手伸出来！"我主动伸出巴掌。这只巴掌受到了父亲的严厉痛击。父亲说："小东西今天中邪了！"我忍住泪。忍住疼。我知道只要把这阵疼痛忍过去，我的童年就全部结束了。疼的感觉永远是狐狸的逃逸姿势。

遥控

我居住在著名的新世纪大厦上。这座绛红色的标志性建筑坐落在城市的黄金地段,共三十七层,我居住在二十八层。二十八层是一个好高度,它为俯视生活提供了一个上佳视角。闲下来我就站到阳台上眺望远方,城市就在我的脚底下。人们在我的脚下以一种近乎古怪的方式行走,其余的便是汽车。数不尽的轮子终日在城市里飞奔。城市说到底只是一只和好的面团,随车轮的转动十分被动地向边角延伸。然而,我们的生活总是沿着某个中心才能延展的,新世纪大厦就是它的中心。它三十七层,我居住在二十八层。

新世纪大厦与其他建筑构成了我们这个城市最崭新的部分。这一带人的生活方式一直是这个城市的生存范本,这里的衣着、发式,尤其是生活用语总是新潮的,着着领先的。然而,是这座城市的古老地段养活了我。在这个文化古城的游览胜地，我的祖上有两处房产，它们加在一块也不足三十平方米。不过那可是门面房。我把它们租给了两个客户，一处卖文房四宝、古玩钱币；一处则是玉器、银器、石器和陶器，都是些蒙老外的货。我曾亲眼看到一位精致的法国姑娘买了一只砚台，她付了一大把冤枉钱，兴高采烈地用汉语说："耗！耗！（好）"听上去像一个大舌头的四川妞。看到这样生动的局面我就开心。

而我的体形十多年前就进入小康了。把房子租出去之后我就开始发胖。我的身高一米七一，体重却是一百九十。肉全摞在肚子上，站起来我就看不见脚了。一百九，我十年前的体重。这就是我的状况。我又胖又懒，我的幸福感就是能够心平气静地懒下来，没有事情挤压我，没有一样责任非我莫属。我不承担义务，当然也不享受权利，我只有一个要求，让我懒下去，没事的时候就长长肉。基于这样的要求，搬进新世纪大厦之后我对我的生活进行了全面改造。我买了一套新家当，电器全是日本货。有一点至关重要，它们必须带有遥控器，必须能够遥控。"遥控"能使生活的复杂性变得又简单又明了，抽象成真正的举手之劳。这不就是人类生存的最终目的吗？

我坐在沙发里头，严格地说是陷在沙发里头，把遥控器排在香烟和茶杯的背后。我先把电视打开来，看看这个世界发生了什么。然后是影碟机或录像机，找点乐趣。当然，我的音响是配套的，呈立体状，所有的声音不仅仅只从画面里出来，它像生活一样真实，有时还从我的侧面或背后悄然响起。最关键的是空调。我的身子虚，冷的时候怕冷，热的时候怕热。可是，整天把自己埋藏在空调里头这个问题实际上就解决了。上帝创造了四季，可是人类战胜了上帝，当然也就料理了季节，就像电视上所说的那样，"只要你拥有××牌空调，春天将永远陪伴着你。"不管是冬天还是夏季，只要我的遥控器轻轻地"吱"一声，上帝就没办法了。不管上帝他老人家把春天藏在哪儿，我都能捉住它，五花大绑地放到我家的沙发上来。

一只电视遥控器、一只影碟遥控器、一只音响遥控器、一只空调遥控器，外加一部大哥大，这就是我生活的全部。我正关注着电视广告，盼望遥控电灯、遥控洗碗机、遥控安乐椅的面市。这一天会有的。遥控既然成了生活的大方向，我们的生活就只能让遥控器遥控，这里头没有选择，我们的生活只有这么一个向度。我们能利用遥控捉住春天，五花大绑地扭到沙发上来，我们还有什么不能遥控？那样的幸福生活离我们已经不远了。那一天来到的时候，我们除了心跳和眨眼，什么也不用我们劳神了。

现在正是盛夏，除了下楼拿一趟晚报，我几乎全待在二十八楼这个高度上。住进新世纪大厦之后我的体重又加重了近二十斤，我的体重已经二百一了。我发现我是一个吸了一点新鲜空气也要长点肥肉以示纪念的那种人。我知道肉长得太多不是好事情，但长肉就是我的生活，我无法对生活挑剔太多，我只能拿自己当一个机关干部，每天替自己的生活上班、执勤，一上班就坐到沙发里去，抽烟、遥控，同时长肉。其实这样不也很好吗？我没法劝说自己不满意这种生活，而满意不就是生活的全部吗？

搬家之后我曾经有过计划，选择一些"有意义"的活动丰富丰富我的生活。比方说，我买了一大堆宣纸，写写字，借助于狼毛或羊毛的撇捺文化文化自己。可是不行，一两天尚可，长了就耗人了。任何事一长了就成了任务，这就累人。人家洋人不用毛笔，人家的日子不都是笔墨流畅的，也没有差到哪里去。我只好把宣纸全打发了，当手纸用了。顺便说一句，宣纸做手纸的感觉不错，就像电视上说的那样，更干，更爽，更安心。

废掉写字的计划之后我又去中央商场买了一台脚踏器。我把它放在朝南的阳台上，它的玩法就像骑自行车，相当简单。我想说明一点，我玩脚踏器可不是为了减肥。减肥是骗人的，谁也别想骗我的钱。我只是想在家里找一点"在路上"的感觉。真正的"在路上"我不喜欢，所以我选择了脚踏器。我想说脚踏器实在是休闲时代最伟大的发明：它让你既在路上又原地不动，真是妙极了。

有了在路上的切身体验，我的精神也随之放飞。我的精神像一只鸽子那样飞翔在城市的上空。我骑在脚踏器上，闭上眼，把自己想象在城市的上空，还带了哨音呢。然而，除了城市，我的想象力就无能为力了。我没有实地见过山、草地、森林、农田、戈壁、沙漠、海洋、丘陵、沼泽、湖泊。它们对我来说仅仅是一些影视画面或印刷图案。我在天上飞，到了城市的边缘我的想象力就往回走了，飞不出去。我只能闭了眼睛沿着贫乏的想象力重新飞回阳台，然后，叹口气，从脚踏器上跨下来，一个星期之后我就中止了这个游戏。

说来说去最美妙的游戏还在女人身上。这恰恰不是我的长项。书上说男人和女人处在一起会发生某种离奇的化学反应，人们把那种化学晶体称作爱情。然而"爱情"这东西我是不指望的。爱情需要当事人首先具备一身的剑胆琴心，我只有肉，哪里有那种稀有物质？可是书上也说，在爱情之外还有一些附属物可供我们整理和发掘。比方说，艳遇，也称作遭遇激情或廊桥遗梦。艳遇有点接近于爱情了，这可是情场圣手的即兴演义呢。男女见了面，甫一对视便是玉宇生辉，上过床，一撒手又月白风清了。真是伴随满天闪电来，不带蛛丝马迹走，所谓"两岸猿声啼不住，轻舟已过万重山"，我哪里有这样敏捷的好身手。

爱情不容易，别的更不容易。在我看来世纪末的男女之事都可以称作爱情。说到底不就是男人和女人的化学反应吗，不是爱情又是什么？

这样一来遗弃在爱情之外的只有我。我不伤心。我对爱情里的每一个步骤和细节还是很熟悉的。我做得少，然而看得多。我整天手执遥控器，指挥各种肤色的男男女女到我家的电视屏幕上表演爱情。我非常爱看录像。说得专业一点，"黄色"录像或×级片。其实不管是什么影片，所谓功夫、动作、警匪、推理、言情、色情、战争、伦理——再怎么弄，总也逃不出男人（一个或×个）与女人（×个或一个）之间的颠鸾倒凤。"功夫"或"言情"，只不过是影片的三点式内衣。我们是一种火焰，在自我燃烧中自给自足，最后，终止于寂灭。除了录像带与影碟，我又能做什么？我只能陷在沙发里，一手执烟，一手持遥控器，在"倒带"和"慢放"之间重复那些温柔冲动与火爆画面。他们为一个肥胖的、寂寞的城市人重复了一千次。没有"爱情"，就这么看看，不也很好吗？

这样的日子里我的体重又有了进展。因为长肉，我的胃口越发穷凶极恶，就像是一九六二年。有时候我真的希望自己做一只美国的卡通猫，先吃饭，后吃餐具，再吃桌椅沙发和羽绒被。在我的狼吞虎咽中白色的羽绒漫天纷飞。我真的是一只卡通猫，咀嚼与下咽成了我生活的全部。我相信了哲学家的话：肥胖是寂寞时代的人体造型。我的身体足以说明这个问题。

我的厨房配备了灶具。当然，这些灶具利用的机会并不多。我几乎不动手做饭，总是让人送。偶尔下厨并不是为了改善生活，而是改善心情，属于没事找事的那种性质。我在一个炎热的下午去了一趟菜场，我已经十七天不出楼了，开始静极思动了。我决定亲手买一回菜，亲手做一顿饭，过一天自食其力的好日子。由于肥胖，我的步履很缓慢，都像年迈的政治家了。我这样的人只适合在电梯里头直上直下的。我穿了一套真丝睡衣就下楼了。睡衣比我身体的门面更为宽大，我一抬腿真丝就产生了那种飘飘扬扬、迎着风风雨雨的感觉。只有有钱人才能有这种持重的派头。我知道我很持重，体重在这儿呢。

我买了十斤猪肉，十只西红柿，十条黄瓜，外加一条鱼。鱼很新鲜，在我的塑料口袋里直打挺。这条鱼有点像我，头很小，可是肚皮很大，白花花的。鱼贩子没有找零，所以执意要为我开膛。我谢绝了。一个懒汉既然动手了，所有的环节都得自己来。我得回家去，一切都由自己动手。

但是我没有能够吃上这顿饭。是这条鱼闹的。我在厨房里把这条鱼摁在砧板上，批掉鳞，开膛扒掉内脏，抠去腮。当我把这样的一条鱼放进水桶的时候，它居然没有死。它在游，又安详又平静，腆着一只白花花的大肚皮。它空了，没有一张鳞片，没有一丝内脏，没有一片腮。就是这样一条鱼居然那样安详、那样目空一切，悠闲地摆动它的尾部。都像哲学大师了。我望着它，几乎快疯了。对它大吼了一声，它拐了一个弯，又游动了。它的眼睛一眨不眨，脸上没有委屈，没有疼痛，甚至没有将死的挣扎。我把它从水里捞上来，掼到地砖上，它跳了两下，于是死掉了。一个被扒去五脏六腑的生命何以能够如此休闲、如此雍容，实在是一种大恐怖。我没有吃这条鱼，把它扔了。我固执地认定，这个被扒空的东西是我。它不可能是鱼，只能是我。一定是我。

得找女人。我要结婚。

结婚广告发出去了，在晚报的中缝。广告的广告词是"红丝线"广告公司为我设计的，我很满意。广告曰：某男，在新世纪大厦有一百一十六平方米的私宅，家有五只遥控器。体态华贵，态度雍容。有意者请与□□□□□□（广告公司电话号）联系。

广告过后便是电视剧。电视屏幕上是这样，生活也只能是这样。我的恋爱生活在广告过后就进入"故事"阶段了。这里头很复杂，涉及七位善良的女性。我和我的女朋友是在"红丝线"联谊会上认识的。我首先和我的那位"对子"见了面，不太满意，我只好坐在一边抽香烟。后来来了一个姑娘，体态和我一样华贵，态度与我一样雍容，看上去起码也有一百六七。她从大门口笑眯眯地挤了进来。由于上帝的安排，我们对视了一眼。我们第二次对视的时候目光里头已经有好多一见钟情了。要不怎么说物以类聚呢。她坐到我的身边，一开口就说出了我的名字。我的血液一下子就年轻了，蚯蚓一样四处乱窜。我还没有来得及回话，她又开口了，说："我在公司的电脑里头见过你。"她说的公司当然就是"红丝线"公司。我们谈起话来了。我们说到了天气、水果，我们聊起了赵本山和陈佩斯这样的艺术大师，我们差一点还提到了美国总统克林顿。后来我们便出去吃饭了。我们一起吃了四次饭，看了三场电影，在街头吃过八根"甜心"牌冷狗。有一次我们在吃过冷狗之后还接了吻，她的双唇还保留着冷狗的凉爽与甘甜。接完吻她就说："真像又吃了一只冷狗，还省了四块五毛钱。"我很潇洒地说："钱算什么？一个吻肯定不止四块五毛钱。"我的女朋友幸福地说："那是。"

接下来我们就上床了，这是水到渠成的。吃过饭了，吃过冷狗了，上床的事就提到议事日程了。不上床爱情还怎么持续？城市爱情不就是这样的吗？

幸亏我们上床了。我差一点铸成了大错。上床之后我才发现，我们不合适。我太胖，而她也是。我们的腹部挤在一起，在关键时刻总是把我们推开来。这不是她的错，当然也不是我的。我们努力了很久，决不向命运低头。然而，结果是残酷的。我们的努力只能保留在浅尝辄止这个初级阶段。浅尝辄止，你懂不懂？我完了。

我叹了一口气。不过我的朋友似乎并不沮丧。看得出她是一个洒脱的人，对床之事并不像我这样死心眼，似乎是可有可无的，马马虎虎的。她在擦洗过后就把注意力移开了，把我的遥控器全抱在了怀里，一样一样地玩。她开始遥控了，把室温降到了十八度，然后，打开了电视、影碟机、音响。还叉着两条光腿给她的同学打了一个电话，让她"有空来玩"。后来电视画面吸引她了，是一个黑色男人正和一个白色女人在沙滩上游龙戏凤。音响里头是美国摇滚,那一对情人就在摇滚乐中摇滚,疯极了。看了我都来气。我的朋友很温柔地靠过来,小声说:"怎么啦?"我板着脸,盯住电视屏幕,一言不发。她丢下遥控器,说:"这是电视嘛,是表演嘛。"我的朋友见我不说话,就把音响的遥控器取过来,对着我的嘴巴摁住"加大"键。她摁得很死,摇滚乐都快炸了。我抢过遥控,关了,同时伸出腿去,把电视也关了。我只想对她说分手。可是在这样的时候说分手也太过分了,我望着天花板,不知道怎样开口。我沉默了好半天,终于说:"我们还是再了解了解吧。""了解了解",我的朋友听出了话里的话,脸上的颜色都变掉了,用遥控器都恢复不过来。她叉开腿,拍了拍大腿的内侧,拍得噼里啪啦响。她大声说:"都了解到这个份上了,还了解什么?"这句话把我问得哑口无言。我说:"我不是那个意思。"我的朋友眼里噙着泪花,目光在我的屋子里晶亮亮地转动。我知道她爱这个家,爱这所屋子,还有遥控。后来她盯着我,歪着头说:"你把我睡了,要不你把处女膜还我,要不结婚。你要是赖账,我就从二十八楼跳下去。——我光了奶子光了屁股跳下去。"

我点上烟。端详她。不是吓唬我的样子。我开始想象她坠楼的样子,白花花地往下坠,那可是自由落体唷。自由落体是什么也中止不了的,什么样的遥控器也无能为力。我的生命如果是一盘录像带那有多好,不论发生什么,摁下"暂停"就行了,再用"快倒"就可以恢复到先前的样子。问题是,即使恢复到恋爱前的样子，我还得去做广告，还得认识她，还得吃饭、吃冷狗、接吻、上床，接下来只能是浅尝辄止。我们的生活一定被什么遥控了，这是命。我们的生命实际上还是一盘录像带或 CD 盘。我们的生命说到底还是某种先验的产品，我们只是借助于高科技把它播放了一遍。这真是他妈的没有办法。

火车里的天堂

四年前我相当荣幸地离了婚,在离婚的现场我和我的妻子接了一个很长的吻,差不多就有火车这么长。那一天风和日丽,一草一木都像是为我们的离婚搭起来的布景,这样的日子不离婚真是糟蹋了。那时的人们普遍热衷于离婚,最时髦的一句话是这样说的,离婚是现代人的现代性。这话多出色。正如马季先生推销张弓酒所说的那样,不好,我能向您推荐吗?现代性是什么?我不知道。不知道就沉默,这样一来就连我的沉默也带上现代性了。这在大多数人的眼里绝对是一件望尘莫及的事。

离婚之前我们活得很拥挤,更糟糕的是,我们都有些"岁月感"。真正的生活似乎是不应该带有岁月感的。我们便学会用"距离"和"批判"这两种方式来审核生活了。距离,还有批判,这一来第一个遭到毁灭的只能是婚姻。在这样的精神背景底下，我认识了我的"小九九"，而我妻子也出了问题，她和她的小老板对视的时候目光再也不垂直了，多了一种角度，既像责备，又像崇敬，简直是美不胜收。我们结婚之后妻就再也没有用这样动人的目光凝视过我了。不过我和我的妻子说好了的，周二、周四和周六在家里恩爱，其余的晚上则各得其所。也就是一三五不论，二四六分明。没有多久我就发现妻子彻底不对劲了，她走路的时候脑袋居然又歪过去了。她的那一套程序我熟，她走路时脑袋歪过去就说明她和小老板已经爱出"毛病"来了。"毛病"是妻子的私人话语。它表明了一种至上境界。可是我沉得住气，尽管我也有"小九九"，我还是希望见到这样一种局面：不是我，而是妻子对不住婚姻与爱情。谁不指望既当婊子又立牌坊呢？等我有了妻子的把柄，我会以一种宽容的姿态和她摊牌的。然而，妻子迫不及待。她在一个周末的晚上伸起了懒腰，打着哈欠对我说，怎么越来越想做少女呢？这话很露骨了。她在用露出来的骨头敲我的边鼓。我想还是快刀斩乱麻吧，与其她装沉痛，不如我来。我脸上的皱纹多，沉痛起来有深度。我点上烟，说，我们还是尊重一下现代性吧。妻子听不懂我的哲学语气，然而，她凭借一种超常的直觉直接破译了哲学，妻说："你不是想和我离婚吧？"我说："是。"妻子便哭了。妻在当天晚上哭得真美呵，泪光点点的，就跟林妹妹服用了冷香丸之后又受了屈似的。你要是看到了肯定会怜香惜玉。女人遂了心愿之后哭起来怎么就那么迷人呢？

连身姿都那么袅娜。我走上去，拥住了她，妻说：

"你不要碰我。我不用你管。"

后来我们便离掉了。离婚的时候我们手拉手，腻歪歪的就像初恋。我们把这个爱情故事演到最后的一刻，连离婚办理员都感动了。她用一句俚语为我们的婚姻作了最后的总结。她说，唉，恩爱夫妻不到终啊！

和妻子一分手我就给我的小九九打去了电话，我大声说，快点来，到我这里来掉头发！我的小九九在愉快的时候总是掉头发，弄得我常为这个细节又懊恼又紧张。可在那个下午我的小九九一根头发也没有掉。我都怀疑她的过去是故意的了。她这个人就喜欢在别人的生活里头制造蛛丝马迹。果然不错，当天下午我的小九九懒洋洋的，不像过去，一见面就像刚刚拧紧的闹钟发条，分分秒秒都咔嚓咔嚓的。但那个下午从容得就像婚姻。我的小九九赌气地说："一点气氛都没有。"

她的"气氛"指的是紧张。我不知道故意设定紧张再人为地消解紧张是不是现代性。这是学问，需要研究。我就觉得我这个婚离得太平庸了，没有距离，没有批判，一点异峰突起都没有。

——这些都是旧话喽。

我现在在火车上。火车以每小时八十公里的速度奔向我的前妻。上车之前我又一次体验到荣幸的滋味，我要复婚了。听明白没有，不是结婚，也不是再结婚，是复婚。这里头太复杂了。火车每小时八十公里，它归心似箭。我的心情棒极了，长满了羽毛，扑棱扑棱的。我现在依然不知道婚姻是什么，现代性是什么，然而，既然结婚的心情像小鸟，复婚的心情就不可能不长羽毛。光秃秃的心情怎么能每小时八十公里呢？

离婚使我们的"距离"与"批判"失却了参照，为了现代性，行之有效的办法就是把扔掉的东西再捡回来。这多好！复婚吧，兄弟们，姐妹们，老少爷儿们。捡起羽毛，把它插到心情上去。

现在正是夜晚，我的火车融入了夜色。只有一排修长的、笔直而又明亮的窗口在风中飞奔。火车夹在两条铁轨中间，往黑暗里冲，铁轨"咣唧咣唧"的，真令人心花怒放。眼下正是三月，火车里空空荡荡，火车驶过了一座铁桥的时候整个车身都发出空洞的呼应，像悬浮。我努力把火车想象成天堂，事实上，天堂在夜色之中绝对就是一列火车。火车送我们到黎明，终点站不可能不是天刚放亮的样子。

我的口袋里揣着妻子的信。信上只有一句话：丈夫，来，和你的妻子结婚。

多么美妙的十个字。它是汉语世界里有关婚姻的最伟大的诗篇。

而它就取材于我们的生活，它是我们基础生活中的一个侧面。我把这十个字默诵了一千遍，享受生活现在就成了享受语言。我想对我的妻子说，我来了，每小时八十公里。

但是我并没有飞。我坐在软席上，寂然不动，手里夹了一根烟。我把这四年的生活又梳理了一遍，它们让我伤心。距离，还有批判，是我们对自身的苛求，并不涉及其他。所有的难处都可以归结到这么一点：我们厌倦了自我重复，我们无法产生对自己的不可企及。这句话怎么才能说得家常一点呢？还是回到婚姻上来，当我们否定了自我的时候，我们，我，用离婚作了一次替代。我想我的妻子也是这样的。我们金蝉脱壳，拿生命的环节误做自我革新与自我出逃。婚姻永远是现代人的替罪羊。

我还想起了我的小九九，她差不多就在我离婚的时候离开了我。她给我只留下了这样一句话：我不想和你结婚，我不想用大米饭取代零食。

她怎么就这么深刻呢？

不过这四年里总算有一个温柔插曲，我在南方的沿海城市邂逅了我的妻子。我们擦肩而过，却又回过了头来。我的妻子戴了一副大墨镜，她说："哎，这不是你吗？"她摘下墨镜，我激动得发疯，大声说：

"嗨，是你，都不像她了！"

听出来没有？好丈夫永远是"你"，而好妻子则永远是"她"。

我的妻子变漂亮了，从头到脚都是无边风月。他乡遇故知，洞房花烛夜，两件事合到一块去了，你说人能够不爆炸吗？我们把自己关在饭店里，三十个小时都没出门。

妻望着我，这么多年过去了，她瞳孔里头光芒越来越像少女了。妻感染了我。我们歪在枕头上，执手相看泪眼。他妈的，我在恋爱呢。

分手之后我们开始通信。我们再也不像初恋的日子那样，整天抱住电话腻歪了。我们写信，用这种古典的方式装点现代人生。我们用神魂颠倒的句子给对方过电，鸡皮疙瘩整天竖在后背上，后来我对她说，嫁给我吧！妻子便再也没有回音了。

半年之后妻子回话了，她一上来就给我写来了一首伟大的诗篇。

你说我的后背能够不竖鸡皮疙瘩吗？我的鸡皮疙瘩上头能够不长羽毛吗？

不到九点火车驶进了中转站。下去了几个人，又上来了几个人。上车的人里头包括一对新婚的夫妇和一个漂亮的女人。我希望那一对年轻的夫妇离我远一点，而那个单身女人能够坐在我的身边。结果那一对恩爱的夫妻坐在我的斜对过，而女人坐在了我的对面。我就知道天堂里头不会有不顺心的事。只有那一对夫妇太近了点。他们显然是正月里刚结婚的，正到南方度蜜月。他们手拉着手，一对白亮的情侣钻戒在他们的无名指上闪亮闪亮的。他们架好行李就开始悄悄说话了，他们拥在一起，脸上的笑容又满足又疲惫，说话的唇形都是那样地情深意长。要不是我的心情好，哪里受得了这份刺激。

不尽如人意的事还有。我对面的单身女人一直是一副很冷漠的样子，一副忧心忡忡的样子。就好像她是出使中东的政治家。她的紫色的口红傲慢得要命，时时刻刻都像在拒绝。你说你傲慢什么？拒绝什么？我都是快复婚的人了。我一直想和她打招呼，我想说："嗨！"这有点太好莱坞了。中国式的开局应当是"你吃了没有"，这话又问不出口。于是我只好用手腕托住下巴，傲慢，兼而忧心忡忡。我一定要弄出政治家或外交家行走在中东的模样。

女人拿出了"三五"香烟，她的指甲上全是紫色的指甲油。我也掏烟，掏火柴，比她快。这样我就有机会给她点烟了。我给她点上，尔后用同一根火柴给我自己点上。我叼着烟，很含糊地说："上哪儿？"

"终点，"她说，"你呢？"

我说："我也是终点。"

终点，多么好的一个站台。

其实上哪儿去对我们来说并不要紧，那是机车和铁轨的事，重要的是，在哪儿都必须有我们的生活。不是有这样一个好比喻吗，人的一生，就像人在旅途。我们没有任何理由拒绝天堂里的一生。

我说："做生意还是开会？"

她说:"离婚。——你呢?"

我没有料到她这样爽快,一下子就谈及了这样隐秘的私人话题。我有些措手不及,支吾说:"我复婚。"

她说:"当初怎么就离了?"

这个问题太专业,也太学术化。这是一个难以用一句话概括的大问题。我想说,整天拥挤在一起,精神和肉体都觉得对方"碍事"。但是我没有这样说。我用一种类似于禅宗的办法回答了她。我划上火柴,把火苗塞到火柴盒的黑头那一端,整个火柴盒内一个着,个个着,呼地就是一下。

"就这么回事。"我说。

她点点头。

我说:"你呢?"

她说:"要是有人愿意和我一块儿烧死,我现在就往火坑里跳。——他一年回来十来天,钱倒是寄回来不少。我要那么多钱做什么?谁死的时候收不到一大堆的纸钱?我还没有死呢,他就每个月给我烧纸了。我连寡妇都比不上,寡妇门前还有点是非呢。"

她的男人不是"小老板"就是"总经理",像火柴盒里的火柴,出去之后就不回来了。

不过旅途真好,只要有缘分面对面,任何一个陌生人都比你最好的朋友靠得住。你一上来就可以倾诉、吐露,享受天堂的信赖与抚慰。整个天堂就是一节车厢,世界只能在窗户外面，而玻璃外的夜也只能是宇宙的边缘色彩。我甚至很肉麻地认为，在这个时候我就是亚当，而对面的女人必须是夏娃。我们厮守在一起，等待一只苹果。而苹果的汁液没有他妈的现代性，它只是上帝他老婆的奶水，或人之初。

她真的拿出了水果。是橘子。给了我一只。在这样的时刻我不喜欢橘子，裹了一张皮，一瓣一瓣的，又挤在一块又各是各。只有苹果才能做到形式就是内容。除了用刀，它的"皮"没有任何可剥离性，咬一口，苹果的伤口不是布满了血迹就是牙痕。

她似乎说动头了，岔不开神。她说："他就是寄钱，不肯离。他在电话里头对我说，实在寂寞了，就'出去'，这是人话吗？我要是'出去'我花你的钱做什么？"

我说："离了也好，再复。一来一去人就精神了。"

她说："我不会和他复的。我有仇。"

我说："怎么会呢？再怎么也说不到仇上去。"

她说："是仇。婚姻给我的就是仇。你不懂。"

我不知道我的"夏娃"为什么如此激动，但是我看得出，她真的有仇，不是夸张。她的目光在那儿。她的目光闪耀出一种峭厉的光芒，在天堂里头寒光飕飕，宛如蛇的芯子，发出骇人的咝咝声。

"人有了仇，人就不像人了。"她说。

我们说着话。我们一点都没有料到那对恩爱的夫妻已经吵起来了。他们分开了,脸上的神色一触即发。新郎看了我一眼,似乎不想让我听见他的话。他压低了声音说:"以后再说好不好?再说,好不好?"

"少来!"新娘说。

我避开新郎的目光,侧过头去。我在玻璃里头看得见这对夫妇的影子。新郎在看我。我打过斯诺克,我知道台球的直线运动与边框的折射关系。他在看我。

新郎低声说:"我和她真的没有什么,都告诉你了,就一下嘛。"

新娘站起身。她显然受不了"就……一下"的巨大刺激,一站就带起来一阵春寒。她的声音不大,然而严厉:"都接吻了,还要怎样?"

新郎的双手支在大腿上,满脸是懊丧和后悔。新郎说:"这又怎么样呢?"他低下头,有些自责。他晃着脑袋自语说:"他妈的我说这个做什么?"

但新娘不吱声了。新娘很平静地坐下去,似乎想起来正在火车上。她的脸上由冲动变成冷漠,由冷漠又过渡到"与我无关"的那种平静上去了。这么短的时间里头她就完成了内心的全面修复,她的吐纳功夫真是了得,她的内功一定比梅超风更像"九阴真经"的真传。我看新郎的喜气是走到头了。她的表情在那儿,她不看他,不理他,旁若无人。新郎很可怜地说:"嗨——!"她就是望着窗外。

"我把我的嘴唇撕了好不好？"新郎突然说。

火车里的人们听到这句吼叫全站立起来了。没有人能够明白一个男人为什么要撕自己的嘴唇。这里头的故事也太复杂了。但是闲人的表情总是拭目以待的。

"随你。"新娘轻声说。

新郎的疯狂正是从这句话开始的。他从行李架上取下行李，怒冲冲地往回走。他那种样子完全是一只冲向红布的西班牙牛。但是他只冲了一半，火车便让他打了个趔趄。他终于明白他是走不掉的了。他返回来，央求说："都不相干了，你怎么就容不下一个不相干的人呢？"

"只有厕所才容别人呢。"

新郎丢下包，说："你说怎么办吧。"

"离！"新娘说，"做不了一个人就只能是两个人。"

这句伟大的格言伴随着火车的一个急刹车，天堂"咣当"一声。火车愣了一下，天堂就是在这个瞬间里头被刹车甩出车厢的。

然而火车马上就重加速了。它在发疯，拼命地跑，以一种危险的姿态飞驰在某个边缘。速度是一种死亡。我闻到了它的鼻息。火车的这种样子完全背离了天堂的安详性。我感觉到火车不是在飞奔，而是自由落体，正从浩瀚的星光之中往地面掉。它窗口的灯光宛如一颗长着尾巴的流星。

我担心地问："会离吗？"

对面的女人撅起了紫色口红，说："不管人家的事。"

这话说得多亲切，就好像我们已经是两口子了，背靠背，或脸对脸，幸福地被橘子皮裹在怀里。我笑起来。我敢打赌，我的笑容绝对类似于向日葵，在阳光下面十分被动地欣欣向荣。但一想起阳光我的心思就上来了，阳光，那不就是天亮吗？那不就是终点站吗？

车厢里的排灯终于熄灭了。夜更深了。我对面的女人从行李架上掏出了一件毛衣，裹在了小腿上。她自语说："睡一会儿。"我点上烟，用丈夫的那种口吻说："睡吧。"她在黑暗里头看了我一眼。我突然发现我的口气温柔得过分了，都像真的了，都像在自家的卧室了。天堂的感觉都让我自作多情得出了"毛病"了。我摁掉烟，掩饰地对自己说："睡吧。"我听出了这一次的口气，对终点与天亮充满了担忧，那是一种对自我生存最严重的关注。我想我脸上的样子一定像政治家行走在中东，忧心忡忡。

生活在天上

蚕婆婆终于被大儿子接到城里来了。进城的这一天大儿子把他的新款桑塔纳开到了断桥镇的东首。要不是断桥镇的青石巷没有桑塔纳的车身宽，大儿子肯定会把那辆小汽车一直开到自家的石门槛的。蚕婆婆走向桑塔纳的时候不住地拽上衣的下摆，满脸都是笑，门牙始终露到外头，两片嘴唇都没有能够抿住，用对门唐二婶的话说，"一脸的冰糖碴子"。青石巷的两侧站满了人，甚至连小阁楼的窗口都挤满了脑袋。断桥镇的人们都知道，蚕婆婆这一去就不再是断桥镇的人了，她的五个儿子分散在五个不同的大城市，个个说着一口好听的普通话。她要到大城市里头一心一意享儿子的福了。蚕婆婆被这么多的眼睛盯着，幸福得近乎难为情，有点像刚刚嫁到断桥镇的那一天。那一天蚕婆婆就是从脚下的这条青石巷上走来的，两边也站满了人，只不过走在身边的不是大儿子，而是他的死鬼老子。这一切就恍如昨日，就好像昨天才来，今天却又沿着原路走了。人的一生就这么一回事，就一个来回，真的像一场梦。这么想着蚕婆婆便回了一次头，青石巷又窄又长，石头路面上只有反光，没有脚印，没有任何行走的痕迹，说不上是喜气洋洋还是孤清冷寂。蚕婆婆的胸口突然就是一阵扯拽。想哭。但是蚕婆婆忍住了。蚕婆婆后悔出门的时候没有把嘴抿上，保持微笑有时候比忍住眼泪费劲多了。死鬼说得不错，劳碌惯了的人最难收场的就是自己的笑。

桑塔纳在新时代大厦的地下停车场停住，蚕婆婆晕车，一下车就被车库里浓烈的汽油味裹住了，弓了腰便是一阵吐。大儿子拍了拍母亲的后背，问："没事吧？"蚕婆婆的下眼袋上缀着泪，很不好意思地笑道："没事。吐干净了好做城里人。"大儿子陪母亲站了一刻儿，随后把母亲带进了电梯。电梯启动之后蚕婆婆又是一阵晕，蚕婆婆仰起脸，对儿子说："我一进城就觉得自己被什么东西运来运去的，总是停不下来。"儿子便笑。他笑得没有声息，胸脯一鼓一鼓的，是那种被称作"大款"的男人最常见的笑。大儿子说："快运完了。"这时候电梯在二十九层停下来，停止的刹那蚕婆婆头晕得更厉害了，嗓子里泛上来一口东西。刚要吐，电梯的门却对称地分开了，楼道口正站着两个女孩，嘻嘻哈哈地往电梯里跨。蚕婆婆只好把泛上来的东西含在嘴里，侧过眼去看儿子，儿子正在裤带子那儿掏钥匙。蚕婆婆狠狠心，咽了下去。大儿子领着母亲拐了一个弯，打开一扇门，示意她进去。蚕婆婆站在棕垫子上，伸长了脖子朝屋内看，满屋子崭新的颜色，满屋子崭新的反光，又气派又漂亮，就是没有家的样子。儿子说："一装修完了就把你接来了，我也是刚搬家。——进去吧。"蚕婆婆蹭蹭鞋底，只好进去，手和脚都无处落实，却闻到了皮革、木板、油漆的混杂气味，像另一个停车库。蚕婆婆走上阳台，拉开铝合金窗门，打算透透气。她低下头，一不留神却发现大地从她的生活里消失了，整个人全悬起来了。蚕婆婆的后背上吓出了一层冷汗，她用力抓住铝合金窗架，找了好半天才从脚底下找到地面，那么远，笔直的，遥不可及。蚕婆婆后退了一大步，大声说："儿，你不是住在城里吗？怎么住到天上来了？"大儿子刚脱了西服，早就点上了香烟。他一边用遥控器启动空调，一边又用胸脯笑。儿子说："不住到天上怎么能低头看人？"蚕婆婆吁出一口气，说："低头看别人，晕头的是自己。"儿子又笑，是那种很知足很满意的样子，儿子说："低头看人头晕，仰头看人头疼。——还是晕点好，头一晕就像神仙。"蚕婆婆很小心地抚摸着阳台上的茶色玻璃，透过玻璃蚕婆婆发现蓝天和白云一下子变了颜色，天不像天，云也不像云，又挨得这样近。蚕婆婆说："真的成神仙了。"儿子吐出一口烟，站在二十九楼的高处对母亲说："你这辈子再也不用养蚕了，你就好好做你的神仙吧。"

蚕婆婆是断桥镇最著名的养蚕能手。这一点你从"蚕婆婆"这个绰号上就可以听得出来，蚕婆婆一年养两季蚕，一次在春天，一次在秋后。每一个蚕季过后蚕婆婆总要挑出一些茧子，这些茧子又圆又大，又白又硬，天生一副做种的样子。上一个季节的桑蚕早就裹在了茧内，变成蛹，而到了下一个季节这些蛹便咬破了茧子，化蛹为蝶。这些蝴蝶扑动着笨拙的翅膀，困厄地飞动。它们依靠出色的本能很快建立起一公一母与一上一下的交配关系，尾部吸附在一起，沿着雪白的纸面产下黑色籽粒。密密麻麻的籽粒罗列得整整齐齐，称得上横平竖直，像一部天书，像天书中最深奥、最优美、最整洁的一页，没有人读得懂。用不了几天，一种近乎微尘的爬行生命就会悄然蠕动在纸面上了。这就是蚕，也叫天虫。蚕婆婆不是用手，而是用羽毛把它们从纸面上拂进篾匾中。为了呼应这种生命，断桥镇后山上的枯秃桑树们一夜间便绿了，绿芽在枯枝上颤抖了那么一下，又宁静又柔嫩，桑叶的菁葵绽开了，漫山遍野全是嫩嫩的绿光。桑叶掐好了时光萌发在蚕的季节，仿佛是上天的故意安排，仿佛是某种神谕的前呼与后应。

　　大儿子通常是上午出去，晚上很晚才能回来。蚕婆婆不愿意上街，每天就只好枯坐在家里。儿子为母亲设置了全套的音响设备，还为母亲预备了袁雪芬、戚雅仙、徐玉兰、范瑞娟等"越剧十姐妹"的音像制品。然而，那些家用电器蚕婆婆都不会使用，它们的操作方式简单到了一种玄奥的程度，你只要随手碰一下遥控，屋子里不是喇叭的一惊一乍，就是指示灯的一闪一烁，就仿佛家里的墙面上附上了鬼魂似的。这一来蚕婆婆对那些遥控便多了几分警惕，把它们码在茶几上，进门出门或上灶下厨都离它们远远的，坚持"惹不起、躲得起"这个基本原则。蚕婆婆曾经这样问儿子："这也遥控，那也遥控，城里人还长一双手做什么？"儿子笑了笑，说："数钱。"

晚饭的时候突然停电了，儿子在餐桌的对角点了两支福寿红烛。烛光使客厅产生了一种明暗关系，使空间相对缩小了，集中了。儿子端了饭碗，望着母亲，突然就产生了一种幻觉，好像一下子又回到了童年，回到了断桥镇。那时候一大家子的人就挤在一盏小油灯底下喝稀饭的。母亲说老就老了，她老人家脸上的皱纹这刻儿被烛光照耀着，像古瓷上不规则的裂痕。儿子觉得母亲衰老得过于仓促，一点过程都没有，一点渐进的迹象都没有。儿子说："妈。"蚕婆婆抬起头，有些愕然，儿子没事的时候从来不说话的，有话也只对电话机说。儿子推开手边的碗筷，点上烟，说："在这儿还习惯吧？"蚕婆婆却把话岔开了说："我孙子快小学毕业了，我还是在他过周的时候见过一面。"大儿子侧过脸，只顾吸烟。大儿子说："法院判给他妈了，他妈不让我见，他外婆也不让我见。"蚕婆婆说："你再结一回，再生一个，我还有力气，我帮你们带孩子。"儿子不停地吸烟，烟雾笼罩了他，烟味则放大了他，使他看上去松散、臃肿、迟钝。儿子静了好大一会儿，又用胸脯笑，蚕婆婆发现儿子的笑法一定涉及胸脯的某个疼处，扯扯拽拽的。儿子说："婚我是不再结了。结婚是什么？就是找个人来平分你的钱，生孩子是什么？就是捣鼓个孩子来平分你余下来的那一半钱。婚我是不结了。"儿子歪着嘴，又笑。儿子说："不结婚有不结婚的好，只要有钱，夜夜我都可以当新郎。"

蚕婆婆望着自己的儿子，儿子正用手往上捋头发。一缕头发很勉强地支撑了一会儿，挣扎了几下，随后就滑落到原来的位置上去了。蚕婆婆的心里有些堵，刚刚想对儿子说些什么，屋里所有的灯却亮了，而所有的家用电器也一起启动了。灯光放大了空间，也放大了母与子之间的距离。蚕婆婆看见儿子已经坐到茶几那边去了，正用遥控器对着电视机迅速地选台。蚕婆婆只好把想说的话又咽下去，一口气吹灭了一支蜡烛。一口气又吹灭了另一支蜡烛。吹完了蜡烛蚕婆婆便感到心里的那块东西堵在了嗓子眼，上不去，又下不来，仿佛是蜡烛的油烟。

蚕婆婆在这个悲伤的夜间开始追忆断桥镇的日子，开始追忆养蚕的日子。成千上万的桑蚕交相辉映，洋溢着星空一般的灿烂荧光。它们爬行在蚕婆婆的记忆中。它们弯起背脊，又伸长了身体，一起涌向了蚕婆婆。它们绵软而又清凉的蠕动安慰着蚕婆婆的追忆，它们的身体像梦的指头，抚摩着蚕婆婆。它们像光着屁股的婴孩，事实上，一只蚕就是一个光着屁股的婴孩，然而，它不喝，不睡，只是吃。蚕一天只吃一顿，一顿二十四个小时。这一来蚕婆婆在每一个蚕季最劳神的事情就不是喂蚕，而是采桑。但是蚕婆婆采桑从来不在黄昏，而是清晨。蚕婆婆喜欢把桑叶连同露珠一同采回来，这样的桑叶脆嫩、汁液茂盛，有夜露的甘洌与清凉。然而桑蚕碰不得水，尤其在幼虫期，一碰水就烂，一烂就传染一片。所以蚕婆婆会把带露的桑叶摊在膝盖上，用纱布一张一张地擦干，再把这样的桑叶覆盖到蚕床上去。每一个蚕季最后的几天总是难熬的，一到夜深人静，这个世界上最喧闹的只剩下桑蚕啃噬桑叶的沙沙声了，吃，成了这群孩子的目的。它们热情洋溢，笨拙而又固执地上下蠕动。蚕婆婆像给爱蹬被单的婴孩盖棉被一样整夜为它们铺桑叶，往往是最后一张蚕床刚刚铺完，第一张蚕床上的桑叶就只剩下光秃秃的叶茎了。然后，某一个午夜就这样来临了，桑蚕们急切的啃噬声渐渐平息了，它们肥大，慵懒，安闲，开始向麦秸秆或菜籽秆上爬去。这时候满屋子一层又一层的桑蚕们被一盏橘黄色的豆灯照耀着，除了嘴边的半点瑕斑，桑蚕的身体干净异常，通体呈半透明状，半汁液状，半胶状，一遇上哪怕是最微弱的光源，它们的身躯就会兀自晶莹起来，剔透起来，笼罩了一圈淡青色的光。蚕婆婆在这样的时候就会抓起一把桑蚕，仿佛一种仪式，把它们放在自己的胳膊上。它们像有生命的植物汁液，沿着你的肌肤冰凉地流淌。然后，它们会昂起头，像一个个裸体的孩子，既像晓通人事，又像懵懂无知，以一种似是而非的神情与你对视。蚕婆婆每一次都要被这样的对视所感动，被爬行的感触是那样地切肤，附带滋生出一种很异样的温存。蚕婆婆养蚕似乎并不是为了收获蚕茧，而只为这一夜，这一刻。这一刻一过蚕婆婆就有些怅然，有些虚空，就看见桑蚕无可挽回地吐自己，以吐丝这种形式抽干自己，埋藏自己，收殓自己。这时的桑蚕就上山了，从出籽到吐丝，前前后后总共一个月。断桥镇的人都说，没见过蚕婆婆这样尽心精心养蚕的。——这哪里是养蚕，这简直是坐月子。

收完了茧子蚕婆婆就会蒙上头睡两天，然后，用背篓背上蚕茧，送儿子去上学，一手捎一个。那些蚕茧就是儿子的学费。十几年来，蚕婆婆就是这么从青石巷上走过的，一手捎一个。蚕婆婆就这么把自己的五个儿子送进了小学、中学，还有大学。要不然，她的五个儿子哪里能在五个大城市里说那么好听的普通话？

蚕婆婆不喜欢普通话。蚕婆婆弄不懂一句话被家乡话"这样说"了，为什么又要用普通话去"那样说"。蚕婆婆不会说普通话，然而身边没人，家乡话也说不了几句。蚕婆婆就想找个人大口大口地说一通断桥镇的话。和儿子说话蚕婆婆总觉得自己守了一台电视机，他说他的，我听我的，中间隔了一层玻璃。家乡话那么好听，儿子就是不说。家乡话像旧皮鞋，松软，贴脚，一脚下去就分得出左右。

蚕婆婆说："儿，和你妈说几句断桥镇的话吧。"

大儿子愣了一下，似乎若有所思，想了半天，"扑哧"一下，却笑了，说："不习惯了，说不出口。"儿子说完这句话便转过了身去，取过手机，拉开天线，摁下一串绿色数字，说："是三婶。"蚕婆婆隔着桌子打量儿子的手机，无声地摇头。这时候手机里响起三婶的叫喊，三婶在断桥镇大声说："哎喂，喂，哪个？哪里？说话！"儿子看了母亲一眼，只好把手机关了，失望地摇了摇头。母与子就这么坐着，面对面，听着天上的静。蚕婆婆有点想哭，又没有哭的理由，想了想，只好忍住了。

蚕婆婆一个人在二十九楼上待了一些日子，终于决定到庙里烧几炷香了。蚕婆婆到庙里去其实是想和死鬼聊聊，阳世间说话又是要打电话又是要花钱，和阴间说话就方便多了，只要牵挂着死鬼就行了。蚕婆婆就是要问一问死鬼，她都成神仙了，怎么就有福不会享的？日子过得这么顺畅，反而没了轻重，想哭又找不到理由，你说冤不冤？是得让死鬼评一评这个理。

母亲要出门，大儿子便高兴。大儿子好几次要带母亲出去转转，母亲都说分不清南北，不肯出门。大儿子把汽车的匙扣套在右手的食指上，拿钥匙在空中画圆圈。画完了，儿子拿出一只钱包，塞到蚕婆婆的手上。蚕婆婆懵懵懂懂地接过来，是厚厚的一扎现钞。蚕婆婆说："这做什么？我又不是去花钱。"儿子说："养个好习惯，——记好了，只要一出家门，就得带钱。"蚕婆婆怔在那儿，反复问："为什么？"儿子没有解释，只是关照："活在城里就应该这样。"

大雄宝殿在城市的西南远郊，大儿子的桑塔纳在驶近关西桥的时候看到了桥面和路口的堵塞种种，满眼都是汽车，满耳都是喇叭。大儿子踩下刹车，皱着眉头嘴里嘟哝了一句什么。大哥大偏偏又在这个时候响了。大儿子侧着脑袋听了两句，连说了几声"好的"，随即抬起左腕，瞟一眼手表。大儿子摁掉大哥大之后打了几下车喇叭，毫不犹豫地调过了车身，二十分钟之后大儿子便把桑塔纳开到圣保罗大教堂了。蚕婆婆下车之后站在鹅卵石地面，因为晕车，头也不能抬，就那么被儿子领着往里走。教堂的墙体高大巍峨，拱形屋顶恢弘而又森严，一梁一柱都有一股阔大的气象与升腾的动势，而窗口的玻璃却是花花绿绿的，像太阳给捣碎了涂抹在墙面上，一副通着天的样子，一副不容柴米油盐酱醋茶的样子。蚕婆婆十分小心地张罗了两眼，心里便有些不踏实，拿眼睛找儿子，很不放心地问道："这是哪儿？"

儿子的脸上很肃穆，说："圣保罗大教堂。洋庙。"

"这算什么庙？"蚕婆婆悄声说，"没有香火，没有菩萨、十八罗汉，一点地气都没有。"

儿子的心里装着刚才的电话，尽量平静地说："嗨，反正是让人跪的地方，一码事。"

对面走上来一个中年女人，戴了一副金丝眼镜，很有文化的样子。蚕婆婆喊过"大姐",便问"大姐"哪里可以做"佛事"。"大姐"笑得文质彬彬的,又宽厚又有涵养。"大姐"告诉蚕婆婆,这里不做"佛事",这里只做"弥撒"。蚕婆婆的脸上这时候便迷茫了。"大姐"很耐心,平心静气地说:"这是我们和上帝说话的地方,我们每个星期都要来。我们有什么罪过,做错了什么,都要在这里告诉上帝。"

蚕婆婆不放心地说:"我又有什么罪?"

"大姐"微微一笑,客客气气地说:"有的。"

"我做错什么事了?"

"大姐"说:"这要对上帝说,也就是忏悔。每个星期都要说,态度要好,要诚实。"

蚕婆婆转过脸来对儿子嘟哝说:"这是什么鬼地方,要我到这里作检讨?我一辈子不做亏心事,菩萨从来不让我们作检讨。"

"大姐"显然听到了蚕婆婆的话,她的表情说严肃就严肃了。"大姐"说:"你怎么能在这里这么说?上帝会不高兴的。"

蚕婆婆拽了拽儿子的衣袖,说:"我心里有菩萨,得罪了哪路洋神仙我也不怕。儿子,走。"

回家的路上大儿子显得不高兴,他一边扳方向盘一边说:"妈你也是,不就是找个清静的地方跪下来吗,还不都一样?"

蚕婆婆叹了一口气,望着车窗外面的大楼一幢又一幢地向后退。蚕婆婆注意到自己的脸这刻儿让汽车的反光镜弄得变形

105

了，颧骨那一把鼓得那么高，一副苦相，一副哭相，一副寡妇相。蚕婆婆对着反光镜冲着自己发脾气，大声对自己说："城市是什么，我算是明白了。上得了天、入不了地的鬼地方！"

蚕婆婆从教堂里一回来脸色便一天比一天郁闷了。蚕婆婆成天把自己关在阳台上，隔着茶色玻璃守着那颗太阳。日子早就开春了，太阳在玻璃的那边，一副不知好歹的样子。哪里像在断桥镇，一天比一天鲜艳，金黄灿灿的，四周长满了麦芒，全是充沛与抖擞的劲头。太阳进了城真的就不行了，除了在天上弄一弄白昼黑夜，别的也没有什么趣。蚕婆婆把目光从太阳那边移开去，自语说："有福不会享，胜受二茬罪。"

而一到夜间蚕婆婆就会坐在床沿，眺望窗外的夜。蚕婆婆看久了就会感受到一种揪心的空洞，一种无从说起的空洞。这种空洞被夜的黑色放大了，有点漫无边际。星星在天上闪烁，泪水涌起的时候满天的星斗像爬满夜空的蚕。

"儿，送你妈回老家去吧，谷雨也过了，妈想养蚕。"

"又养那个做什么？你养一年，还不如我一个月的电话费呢。"

"妈觉得要生病。妈不养蚕身上就有地方要生病。"

"有病看病，没病算命，怕什么？"

"儿，妈想养蚕，你送妈回去。"

"我怎么能送你回去？你也不想想，左邻右舍会怎么说我？怎么说我们弟兄五个？"

"妈就是想养蚕，妈一摸到蚕就会想起你们小的时候，就像摸到你们兄弟五人的小屁股，光光的，滑滑的。妈这辈子就是喜欢蚕。"

"妈你说这些做什么？好好的你把话说得这样伤心做什么？"

"妈不是话说得伤心。妈就是伤心。"

日子一过了谷雨连着下了几天的小雨，水汽大了，站在二十九层的阳台上就再也看不见地面了。蚕婆婆在阳台上站了一阵子，感觉到大楼在不停地往天上钻，真的是云里雾里。蚕婆婆对自己说："一定得回乡下，和天上的云活在一起总不是事。"蚕婆婆望着窗外，心里全是茶色的雾，全是大捆大捆的乱云在迅速地飘移。

蚕婆婆再也没有料到儿子给她带回来两盒东西。儿子一回家脸上的神色就很怪，喜气洋洋的，仿佛有天大的喜事。儿子的怀里抱了两只纸盒子，走到蚕婆婆的面前，让她打开。盒子开了，空的，什么也没有。这时候儿子的脸上笑得更诡异了，蚕婆婆定了定神，发现盒底黑糊糊的，像爬了一层蚂蚁。蚕婆婆意识到了什么，她发现那些黑色小颗粒一个个蠕动起来了，有了爬行的迹象。它们是蚕，是黑色的蚕苗。蚕婆婆的胸口咕嘟一声就跳出了一颗大太阳。儿子不说话，只是笑，却不声不响地打开了另一只盒子，盒子里塞满了桑叶芽。蚕婆婆捧过来，吸了一口，二十九层高楼上立即吹拂起一阵断桥镇的风，轻柔、圆润、濡湿，夹杂了柳絮、桑叶、水、蜜蜂和燕子窝的气味。蚕婆婆捧着两只纸盒，眼里汪着泪，嗫嗫嚅嚅地说："阿弥陀佛，阿弥陀佛！"

蚕婆婆在新时代大厦的第二十九层开始了养蚕生活。儿子为蚕婆婆联系了西郊的一户桑农，一个年纪不足四十岁的中年女人。儿子出了高价，并为她买下了公交车的月票。蚕婆婆就此生龙活虎了起来。她拉上窗帘，在阳台上架起了篾匾，一副回到从前、回到断桥镇的样子。她打着手势向那位送桑叶的女人夸她的儿子，"儿子孝顺，花钱买下了乡下的日子，让我在城里过。"这位妇女没有听懂蚕婆婆的话，她晚上替蚕婆婆的儿子算了一笔桑叶账，笑了笑，对她的丈夫说："这家人真是，不是儿子疯了，就是母亲疯了。"

蚕婆婆在新时代大厦的二十九层开始了与桑蚕的共同生活。她舍弃了电视、VCD，舍弃了唱片里头袁雪芬、戚雅仙、徐玉兰、范瑞娟等"越剧十姐妹"的越剧唱腔。她抚弄着蚕，和它们拉家常，说一个上午或一个下午的家乡话。蚕婆婆的唠叨涉及了她这一辈子的全部内容，然而，没有时间顺序，没有逻辑关联，只是一个又一个愉快，一个又一个伤心。说完了，蚕婆婆就会取过桑叶，均匀地覆盖上去，开心地说："吃吧。吃吧。"蚕在篾匾里像一群放学的孩子，无所事事，却又争先恐后。蚕婆婆说："乖。"蚕婆婆说："真乖。"

蚕仔的身体一转白就开始飞快地成长了。桑蚕一天比一天大，一天比一天长，这就是说，所用的篾匾一天比一天多，所占的面积一天比一天大。阳台和整个客厅差不多都占满了。新装修的屋子里皮革、木板与油漆的气味一天一天消失了，浓郁起来的是植物叶片与昆虫类大便的酸甜气息。儿子没有抱怨。老人高兴了，这就比什么都好。养一季蚕横竖也就是二十七八天的事，等蚕结成了茧子，屋子里会重新敞亮起来，整洁起来。儿子抓起一把桑叶，对蚕说："吃吧，吃。"

儿子说："妈，悠着点吧，累坏了我可没钱替你看病。"蚕婆婆把袖子撸起来，袖口挽得老高，笑着说："养蚕再养出病来，我哪里能活到现在？"儿子说："你就喂着玩玩吧，又不靠你养蚕吃饭。"蚕婆婆说："宁可累了我，不能亏了蚕。"儿子就用胸脯笑，说："妈你天生就是养蚕的命。"蚕婆婆居然笑出声来了，蚕婆婆说："妈天生就是养蚕的命。"蚕婆婆这么和儿子说笑，一边很小心地把蚕屎聚集到一块儿，放到阳光底下晒。儿子说："倒掉算了，你怎么拿蚕屎也当宝贝了。"蚕婆婆抓了一把蚕屎，眯着眼，让蚕屎从指缝里缓缓地漏下来，蚕婆婆说："蚕身上哪一点不是宝贝？等晒干了，妈用蚕屎给你灌一只枕头,——你们弟兄五个可全是枕着蚕屎睡大的。"

离春蚕上山还有四五天了,大儿子突然要飞一趟东北。业务上的事,原来就是说走就走的。儿子说:"原想看一看春蚕上山的,这么多年了,还是小时候看过。"儿子说完这句话便从口袋里掏出钥匙,放在电视机上,随手拿起电视机上的那只钱包,对母亲说:"别忘了,出门带上钱,这可不是断桥镇。"蚕婆婆闭了闭眼睛,示意知道。儿子说:"还听见了?"蚕婆婆笑着说:"你怎么比妈还能啰嗦?"

蚕婆婆一个人在家,心情很不错。她打开了一扇窗,在窗户底下仔细慈爱地打量她的蚕宝宝。快上山的桑蚕身子开始笨重了,显得又大又长。蚕婆婆从蚕床上挑了五只最大的桑蚕,让它们爬在自己的胳膊上。蚕婆婆指着它们,自语说:"你是老大,你是老二……"蚕婆婆逗弄着桑蚕,心思就想远了。她把自己的五个儿子重新怀了一遍,重新分娩了一遍,重新哺育了一遍。蚕婆婆含着泪,悄声说:"你是老巴子。"

门就是在这个时候被敲响的。蚕婆婆很小心地把五条桑蚕从胳膊上拽下来,对门外说:"来了。"蚕婆婆知道是送桑叶的女人来了,刚走到门口又返了回去。蚕婆婆从电视机上取过钱包,打开了门,站在了棕垫子上。

蚕婆婆说:"儿子不在家,就不请你进屋坐了。"

女人朝屋内张罗了两眼，说："过几天就上山了吧？"

蚕婆婆说："是的呢，再请你辛苦四五天。这几天这些小东西可能吃了。"

女人说："我们采桑也不容易，每斤再加五块钱罢。"

蚕婆婆说："这也太贵了吧。"

女人说："我随你。要不要都随你，反正就四五天了。"

蚕婆婆想了想，就从钱包里抽出一张百元现钞。女人像采桑那样顺手就摘了过去。女人在走进电梯的时候回头笑着说："你放心，拿了你的钱就一定给你货。"蚕婆婆愣在那儿，还没有从眼前的事情当中缓过神来。大儿子说得真是不错，城里头一出家门就少不了花钱，真的是这么回事。蚕婆婆低下头看了看钱包，儿子真是周到，一沓子百元现钞码得整整齐齐的。蚕婆婆这辈子还没见过这么多的现钱呢。

意外事件说发生就发生了，谁也没有料到蚕婆婆会把自己锁在门外了。蚕婆婆突然听见"轰"的一声，一阵风过，门被风关上了。关死了。蚕婆婆握着钱包，十分慌乱地扒在门上，拍了十几下，蚕婆婆失声叫道："儿，儿，给你妈开开门！"

三天之后的清晨儿子提了密码箱走出了电梯，一拐弯就看见自己的母亲睡在了过道上，身边堆的全是打蔫的桑叶和康师傅方便面。母亲面色如土，头发散乱。大儿子丢开密码箱，大声叫道："姆妈，出了啥事情咯？"大儿子忘了普通话，都把断

111

桥镇的方言急出来了。

蚕婆婆一听到儿子的声音就跪起了身子。她慌忙地用手指着门，说："快，快，打开！"

"出了啥事情咯？"

"什么事也没出，你快开门！"

儿子打开门，蚕婆婆随即就跟过来了。蚕婆婆走到蚕床边，蚕婆婆惊奇地发现所有的蚕床都空空荡荡，所有的桑蚕都不翼而飞。

蚕婆婆喘着大气，在二十九层楼的高空神经质地呼喊："蚕！我的蚕呢！"

大儿子仰起了头，雪白的墙面上正开始着许多秘密。墙体与墙体的拐角全部结上了蚕茧。不仅是墙，就连桌椅、百叶窗、电器、排风扇、抽水马桶、影碟机与影碟、酒杯、茶具，一句话，只要有拐角或容积，可供结茧的地方全部结上了蚕茧。然而，毕竟少三四天的桑叶，毕竟还不到时候，桑蚕的丝很不充分，没有一个茧子是完成的、结实的，用指头一摁就是一个凹坑。这些茧半透明，透过茧子可以看见桑蚕们正在内部困苦地挣扎，它们蜷曲着，像忍受一种疼，像坚持着力不从心，像从事着一种注定了失败的努力……半透明，是一种没有温度的火，是一种迷蒙的燃烧和无法突破的包围……蚕婆婆合起双手，紧抿了双唇。蚕婆婆说："罪过，罪过噢，还没有吃饱呢，——它们一个都没吃饱呢！"

桑蚕们不再关心这些了。它们还在缓慢地吐。沿着半透明的蚕茧内侧一圈又一圈地包裹自己，围困自己。在变成昏睡的蚕蛹之前，它们唯一需要坚持并且需要完成的只有一件事：把自己吐干净，使内质完完全全地成为躯壳，然后，被自己束之高阁。

白　夜

通常情况下，这时的天早就黑透了，也就是人们所说的伸手不见五指。而那一天不。那一天的晌午过后突然下起了大雪，大雪一下子把村庄弄得圆鼓噜嘟的，一片白亮。黑夜降临之后大雪止住了，狂风也停息了，我们的村庄就此进入了阒寂的白夜，有些偏蓝。我无法忘记那个夜，那个雪亮的严寒夜空居然像夏夜一样浩瀚，那么星光灿烂了。我知道，雪光和阒寂会导致错觉，有时候，雪光就是一种错觉，要不然怎么会偏蓝呢？而阒寂也是，要不然我怎么会战栗呢？

张蛮在我家的屋后学了三声狗叫。我的心口一阵狂跳，我知道我必须出去了。张蛮在命令我。我希望这时的狗叫是一条真狗发出来的真声，然而不是。张蛮的狗叫学得太像了，反而就有点不像狗了。张蛮不是狗，但是我比怕狗还怕他。

我悄悄走出家门，张蛮果真站在屋后的雪地里。夜里的雪太白了,张蛮的黑色身影给了我触目惊心的印象,像白夜里的一个洞口。

张蛮说:"他在等你。"

张蛮的声音很低,他说话时嘴边带着白气,像电影里的火车。那种白气真冷,它加重了张蛮语气里的阴森感。我听了张蛮的话便跟着他跑了。

张蛮所说的"他"是李狠。与李狠比起来,张蛮只是李狠身边的一条狗。

我跟在张蛮的身后一直走到村东的桥头,一路上我都听着脚下的雪地声,格棱棱格棱棱的,就好像鬼在数我的步子。

李狠站在桥头等我们,他凸起的下巴也就是他的地包天下巴使他的剪影有些古怪。他的下巴有力,乖张,是闭起眼睛之后一口可以咬断骨头的那种下巴。

李狠的身后三三两两地站了五六个人。他们黑咕隆咚的,每人都是一副独当一面的样,合在一起又是一副群龙有首的样。

张蛮把我领到李狠面前,十分乖巧地站到李狠的身后去。

李狠说:"想好了没有?"

我说:"想好了。"

我是一个外乡人,去年暑期才随父亲来到这座村庄。父亲是大学里的一位讲师,但是出了问题,很复杂。要弄清他的问题显然不那么容易。好在结果很简单,他被一条乌篷船送到乡下来了。同来的还有我的母亲,我,两只木箱和一只叫苏格拉底的猫。一路上我的父亲一直坐在船头,他的倒影使水的颜色变得浑浊而又忧郁。我们的乌篷船最终靠泊在一棵垂杨树的下面,这时候已经是黄昏了。父亲上岸之后摘下了眼镜,眯着眼睛看着西天的红霞。父亲重新戴上眼镜之后两只镜片上布满了天上的反光,在我的眼里他的眼前全是夕阳纷飞,又热烈又伤悲。

当天晚上我们临时居住在一座仓库里。仓库太大了,我们只占领了一个角落。一盏油灯照亮了我的父母和那只叫苏格拉底的猫。仓库的黑色纵深成了他们的背景,父母的脸被灯光弄成了一张平面,在黑色背景上晃来晃去。父亲又摘下了眼镜,丢在一堆小麦上。父亲说:"村子里连一所小学也没有,孩子怎么上学呢?"没有学校真是再好不过了,至少我就不用逃课了。母亲没有开口,过了好半天她吹灭了那盏小油灯。她的气息里有过于浓重的怨结。灯一下子就灭了,仓库里的浓黑迅速膨胀了开来,只在苏格拉底的瞳孔里头留下两只绿窟窿。

为了办学,为了恢复村子里的学校,我猜想父亲一直在努力。在得到村支书的肯定性答复后,父亲表现出来的积极性远远超过了我的母亲。尽管村支书说了,我的父亲只在我母亲的"领导"与"监督"下"适当使用"。父亲拿了一只小本子,挨家挨户地宣讲接受教育的作用与意义。父亲是一个寡言的人,一个忧郁的人，但在这件事上父亲像一个狂热的布道者，他口若悬河，两眼充满了热情，几十遍、上百遍地重复他所说过的话。父亲站在桥头、巷口、猪圈旁边、枫杨树的底下，劝说村民把孩子交给自己。父亲逢人便说，把孩子交给我，我会还给你一个更聪明的孩子，一个装上马达的孩子，一个浑身通电的孩子，一个插上翅膀长满羽毛的孩子，一个会用脑袋走路的孩子！

父亲的努力得到了回报。父亲与我的母亲终于迎来了第一批学生，加上我一共二十七个。这里头包括著名的张蛮和伟大的李狠。父亲站到一只石碾子上去，让我们以"个子高矮"这种原始的排列顺序"站成两队"。父亲的话音刚落，李狠和张蛮立即把我夹在了中间。李狠面色严峻，而张蛮也是。我不知道他们要干什么，很机密，很投入，意义很重大的样子。我不知道他们想干什么。我反正是不会到他们家锅里盛米饭的。

父亲从石碾子上下来，让村支书站上去。村支书站上去说了几句蒋介石的坏话，又说了几句毛泽东的好话，随即宣布挪出河东第三生产队的仓库给我们做教室。村支书说，他正叫人在墙上开窗户，开好了，再装上玻璃，你们就进去，跟在老师后面，"把有用的吃进去，把没用的拉出来"。

简朴的典礼过后我们就散了，我没有料到我会在下午碰上李狠。他一个人。通常他们都是三五成群。他正在巷子里十分无聊地游荡。我知道他们不会理我，我没有料到在我走近的时候李狠会回过头来。

"笃"地一下,一口浓痰已经击中我的额头了。

这口痰臭极了,有一股恶毒和凶蛮的气质。痰怎么会这么臭?这绝对是奇怪。我立在原地,一时弄不懂发生了什么,我就看见巷头站出了两三个人,巷尾又冒出三四个。他们一起向中间逼近,这时候李狠走上来,劈头盖脸就是一个大问题:

"你父母凭什么让我们上学?"

我不知道。我的额头上挂着李狠的浓痰,通身臭气烘烘。我不知道。好在李狠没有纠缠,立即问了我另一个大问题:

"你站在我这边还是站在他们那边?"

我的胸口跳得厉害。我承认我害怕。但是李狠在这个下午犯了一个错误,他不该动手的,他应当让我怕下去,让我对他产生永久的敬畏,他不该捅破那层纸,他不该提供一个让我"豁出去"的念头。李狠显然失去耐心了,他一把就卡住了我的脖子。这要了我的命。我很疼,透不过气来。疼痛让人愤怒。人愤怒了就会勇猛。我一把就握住了李狠的睾丸。我们僵持。他用力我用力,他减力我减力。后来我的脸紫了,他的脸白了。我们松开手,勾着眼珠子大口喘息。我不知道为什么会出现今天的这种局面。我想弄明白。然而李狠一挥手,他们就走光了。

"你等着!"李狠在巷口这样说。

雪夜里到处是雪的光。这种光有一种肃杀的寒气，不动声色，却砭人肌骨。我跟在李狠和张蛮的身后，往河东去。我们走过桥。桥上积满了雪；桥下是河，河面结成了冰，冰上同样积满了雪。你分不清哪里是桥面哪里是河面，我们每迈出一步都像是赌博，一不留神就摔到桥下去了。

过了桥就是第三生产队的打谷场了。打谷场的身后就是我们的教室。李狠让大家站住，命令王二说："你留下，有人来了就叫两声。"王二不愿意，说："这么冷，谁会到河东来？"李狠甩一口浓痰抽了王二一个嘴巴。

父亲在苦心经营他的"教育"。然而，同学们总是逃课，这一来父亲的"教育"很轻易地就被化解了。课上得好好的，刚一下课，很多同学就不见了。他们总能利用下课期间的十分钟，就好像这十分钟是地道，一眨眼的工夫他们就从这个地道里消失了。过了好一段时间我才知道，同学们的逃课与一个叫"弹弓队"的地下组织有关，这个"弹弓队"的队长兼政委就是李狠。他们集合在一起，每人一把弹弓。他们用手里的弹弓袭击树上的麻雀、野鸽，麦地里的鹁鸪、花鸽以及村口的鸡鸭鹅什么的。他们从赤脚医生那里偷来打吊针的滴管，这种米黄色的滴管弹性惊人，用它做成的弹弓足以击碎任何鸟类的脑袋。我曾经亲眼目睹张蛮瞄准树巅上的一只喜鹊，它突然张开了翅膀，以一块肉的形式重重地掉在地面上。弹弓队的成员每个星期都可以吃上一顿鸟肉,这是很了不起的。那时候我们每个人都饿肚子,我们找不到吃的,是李狠与张蛮他们把天空改变成一只盛满鸟肉的大锅。

天地良心,我没有把弹弓队的事情告诉我的父亲。是我的父亲自己发现的。他在村子南首的一个草垛旁边看见一群母鸡突然飞奔起来,而其中的一只芦花鸡张开了翅膀,侧着脑袋围着一个并不存在的圆心打转转。我的父亲收住脚步,远远地看见张蛮走了出来,迅速地用手指夹拾起地上的母鸡,把鸡脖子掖进裤带,随后裹紧棉袄,若无其事地走远了。我的父亲一定跟踪了张蛮,亲眼目睹了他们如何去毛,开膛,架起火来烧烤。我的父亲一定看见了李狠张蛮他们分吃烤鸡时的幸福模样。

父亲的举动是猝不及防的。他在第二天的第一节课上表现出了超常的严厉与强硬。他走上讲台,目光如电,不说一句话。班里的气氛紧张极了,没有人知道发生了什么。父亲后来走下讲台,走到李狠的面前,伸出了他的右手,厉声说:"给我。"

李狠有些紧张,说:"什么?"

"弹弓。"

李狠在交弹弓之前与许多眼睛交换了目光。但是他交出来了。张蛮他们也陆续交出来了。父亲望着讲台上的弹弓,十分沉痛地说:"你们原来就为这个逃课!——是谁叫你们逃课的？"

李狠毕竟是李狠，他很快就回过神来了。李狠站起来，说："是毛主席。"我看见我的父亲冷笑了一声，反问说："毛主席是怎么教导你逃课的？"李狠说："我们饿。毛主席告诉我们，自己动手，丰衣足食。"父亲说："毛主席有没有告诉你好好学习天天向上？"李狠不说话了，但是李狠接下来的一句话立即回荡在我们的仓库、我们的教室了。李狠说："老师你上课时说的话哪一句比麻雀肉香？"父亲听了这话之后便不语了。过了好半天，父亲放松了语气，轻声说："人应当受教育，人不受教育，不成了浑身长毛的麻雀了？"李狠说："有本事你让我浑身长毛，我现在就飞到田里去吃虫子。"父亲拧紧了眉头，脸上是极度失望的样子，父亲摊开手说："李狠你说说待在教室里接受教育有什么不好？"

李狠说："在教室里我肚子饿。"

父亲气呼呼地回到讲台。他掏出了一把剪子。他显然是有备而来的。他十分愤怒地剪断了弹弓上的橡皮滴管，把它们丢在角落。父亲一点都没有注意教室里的目光，他们全集中到我的身上。他们的目光全是剪子。

接下来的日子我一直在防范。我精心准备着一场斗殴。我提醒我自己，千万不能被人两头堵住。让我吃惊的是，弹弓队的队员们似乎并没有报复我的意思，空气里完全是共产主义就要实现的样子。有一件事很突然，李狠让人给我捎口信来了，来人转达了李狠的话，来人说："李狠说了，他请你过去。"

李狠他们站在第一生产队的打谷场上。我走上去，我注意到他们的脸上没有杀气，相反，一个个都很和善。李狠站到我的面前，拍了拍我的肩膀，随后李狠就把一样东西塞到我的手上。是一把新制的弹弓。李狠说："和我们在一起吧，只要你同意逃课。"这不是一般的事，要知道，我面对的不只是老师，还有父亲。我想了想，说："我不。"李狠望着我，我们就这么对视了一会儿。李狠说："那就不怪我了。"李狠说完这话就站到一边去了，而张蛮却趴在地上。事实上，张蛮一直趴在地上。听到李狠的话之后，张蛮掀开了一张草包，我注意到张蛮正全力捂住一样东西，好像是一只猫。这时候有人推过来一只青石碾子，我一点都不知道青石碾子即将碾过的是我的苏格拉底。李狠点了点头，碾子启动了，轧向猫的尾部。苏格拉底的那一声尖叫闪出了一道弧光，撕开了什么一样，而身体却腾空了，四只爪子胡乱地飞舞。我甚至看见了苏格拉底瞥向我的最后一道绿色目光。我冲上去，张蛮却推动了碾子，苏格拉底反弓起背脊猛地张大了嘴巴。它的嚎叫、内脏、性命，一起被碾子轧向了口腔，呼地一下吐了出去。我只在地上看见了苏格拉底的一张平面，张蛮用手把苏格拉底的内脏托在手上，满手都是红。苏格拉底的心脏在张蛮的手心里有节奏地跳动。张蛮笑笑，说："要不要？拿回去教育教育，还是活的。"在那个刹那张蛮击垮了我。恐惧占领了我。我望着张蛮，禁不住浑身战栗。

李狠指着我,向大家宣布:"谁再敢和他说话,开除!"

没有人和我说话让我很难受。但是我必须装得满不在乎,装得就像我不知道,然而,在困境中我自制了一把鱼叉,你们吃天上飞的,我要吃水里游的,这叫水不犯天,天不犯水。为了练就百发百中的过硬本领,我见到什么就叉什么。这叫我着迷。我差不多走火入魔了。即使在课堂上我也要找一个假想的目标,然后选择时机、角度、力量。我在想象中叉无虚发,想象使我的叉术日臻精美、日臻完善。在想象中,我丰收了鸡鸭鱼肉,我一遍又一遍地水煮、火烤,做出了十八盘大餐。然而,我无法想象吃的感觉、吃的滋味以及饱的状态。这叫我伤心。我绝望极了。为什么在滋味面前我们的想象就力所不及呢?我流下悲痛的口水。

我就想离开课堂,到广阔的天地里寻找我的滋味。现在。马上。

我终于逃课了。离开教室的时候我的牙齿幸福得直颤,像疯狂的咀嚼。

雪地里泛着蓝光,这股偏蓝的颜色来自过于明朗的夜空。大雪过后天说晴就晴了。本该是伸手不见五指的黑夜,因为大雪遍地,这个夜出格地白亮,并且严寒。

李狠带领我们来到了教室,也就是那个空洞的仓库。即使装上了玻璃窗,我们的教室依旧可见巍峨的仓库派头,在雪地里黑压压地一大块。我们望着墙面上的玻璃,漆黑漆黑的,像了无防范的瞳孔。玻璃这东西真是怪,白天里它比白天亮,到了黑夜却又比黑夜黑,这是一个使光明与黑暗都走向极端的东西。两个月前父亲通过多方努力刚刚装上它们。我们还记得那个下午,村支书率领一彪人马从机帆船上抬下那些大玻璃。大玻璃差不多吸引了全村的人。大玻璃在阳光下一片白亮,刺眼、锐利,打谷场被弄得晶晶亮亮的。后来父亲用一把钻石刀切割了玻璃,把它们四四方方地装上了窗户。那一天我们兴奋极了,父亲对我们说:"玻璃是什么?是文明,是科学,它挡住了一切,只允许明亮通过。"我觉得父亲的这句话讲得实在是高级,尽管我不太懂,但我还是听出了一种似是而非的伟大。父亲说:"我希望同学们再也不用找借口逃课了,我们回到课堂上来,这里暖洋洋,这里亮堂堂。"我注意到父亲说这些话时李狠的表情,他面色严峻,目光冷冷地滑过那些玻璃。我觉得他的目光就是切割玻璃的钻石刀,滑过玻璃的时候玻璃"吱"地就是一声。一个人对一样东西的表情,往往决定了这个东西的命运。

所以说,只有我知道这些玻璃会有今天,会有今天这个白夜。

我不知道李狠是如何知道我父亲到公社去开会的,知道的人并不多。当然,李狠无法知道今天下午会天降大雪。下雪后不久李狠就让张蛮带信给我,他决定今天晚上"咣当"这些玻璃。张蛮转告李狠的话,说:"他说,我们希望你第一个下手,你只要第一个下手,今后你就是自己人了。"我希望他们把我看成自己人,这是我梦寐以求的。但是我不能第一个下手,玻璃对父亲来说意义太重大了,砸烂了它们,父亲会疯的。我对张蛮说:"我要是不下手呢?"张蛮又引用了李狠的话:"那我们就'咣当'你老子眼睛上的玻璃。"我一把抓住张蛮的袖口,脱口说:"你们怎么'咣当'?"张蛮甩开我的手,避实就虚,说:"这是我们的事。"

我现在就站在李狠的身边,仰着头,面对着那些玻璃。我看不见玻璃,但是,那些柔和的深黑就是。它们整整齐齐,方方正正。它们坚硬,却不堪一击。

李狠说:"大家过来。"大家就过来了。当着大伙的面李狠一只胳膊拥住了我的肩膀。李狠伸出手,和我握在了一起。我没有想到会是这样,我激动极了,一下子就热泪盈眶。我就想象电影里的地下党人那样轻声说一句:"同志,我可找到你们了!"不过我没有来得及说,李狠已经把一把弹弓塞到了我的手上,同时还有一粒小石头。小石头焐得热热的,光溜溜的,像我们的卵蛋。我突然发现我还没有和张蛮握手,我看了看,张蛮不在。我就弄不懂张蛮这刻儿哪里去了。

李狠说:"咱们开始吧。"

我后退了一步,迈开弓步,拉开了弹弓。弹弓绷得紧紧的，我感到浑身上下都是一股力气，又通畅又狂野。"呼"地一下我就出手了。几乎在同时，阒寂而又柔和的雪夜里响起了玻璃的破碎声，突兀，揪心，纷乱而又悠扬。我恐惧至极，然而，快意至极，内中涌上了一股破坏的欲望。李狠似乎也被刚才的这一声镇住了，他挂着他的地包天下巴，在白亮的夜色中与他的伙伴们面面相觑。我向李狠摊开我的右巴掌，命令地说："再来！"

又是一阵破碎声，一样地突兀、揪心，一样地纷乱而又悠扬。

我几乎不可阻挡了，不停地对他们说："再来！再来！给我子弹！"

窗户上还是漆黑的，但那是夜的颜色，不像玻璃那样黑得柔嫩，黑得熨帖平整。大伙儿一起下手了，玻璃的爆炸声把这个雪夜弄得一片湛蓝。李狠说："撤！"我们愣了一会儿，所有人的眼睛都绿了，随后我们就撒腿狂奔。

我没有料到我的父亲会在这样的雪天里回来。但是父亲敲门了。我躺在被窝里，听出了父亲的敲门声。是我的母亲去给父亲开的门。开门之后我听见我的母亲倒吸了一口冷气，母亲慌乱地说："你怎么弄的？怎么弄成这样？"我的父亲说："没事，滑了一下，摔倒了。"母亲说："怎么都是血？怎么摔成这样？"后来他们就不出声了。我听见父亲把一样东西丢在了桌面上，还颠跳了几下，父亲抱怨地说："镜片全碎了，上哪里配去。"随后我就听见了父亲的擦洗声。我小心地伸出脑袋，我看见桌面上放着一盏灯和一只眼镜架。架子上没有玻璃，空着。灯光直接照射过来了，仿佛镜片干净至极，接近于无限透明。

怀念妹妹小青

如果还活着，妹妹小青应当在二月十日这一天过她的四十岁生日。事实上，妹妹小青离开这个世界已经整整三十一年了。现在是一九九九年的二月九日深夜，我坐在南京的书房里，怀念我的妹妹，我的妹妹小青。妻已经休息了。女儿也已经休息了。她们相拥而睡，气息均匀而又宁静。我的妻女享受着夜，享受着睡眠。我独自走进书房，关上门，怀念我的妹妹。我的妹妹小青。

应当说，妹妹小青是一个具有艺术气质的女孩子。她极少参与一般孩子的普通游戏。在她五六岁的时候，她就展示了这种卓尔不群的气质。小青时常一个人坐在一棵树的下面，用金色的稻草或麦秸编织鸟类与昆虫。小青的双手还有一种不为人知的本领。小青是一个舞蹈天才，如果心情好，她会一个人来一段少数民族舞。她的一双小手在头顶上舞来舞去的，十分美好地表现出藏族农民对金珠玛米的款款深情。我曾经多次发现当地的农民躲在隐蔽的地方偷看小青跳舞。小青边跳边唱，"妖怪"极了（当地农民习惯于把一种极致的美称作"妖怪"）。但是当地的农民有一个坏习惯，他们沉不住气，他们爱用过分的热情表达他们的即时心情。他们一起哄小青就停下来了。小青是一个过于敏感的小姑娘，一个过于害羞的小姑娘。小青从来就不是一个人来疯式的小喇叭。这样的时刻小青会像一只惊弓的小兔子。她从自我沉醉中惊过神来，简直是手足无措，两眼泪汪汪的，羞得不知道怎么才好。然后小青就捂住脸一个人逃走了。而当地的小朋友们就会拍着巴掌齐声尖叫："小妖怪，小妖怪，小青是个小妖怪！"

　　小青秉承了父亲的内向与沉默，母亲却给了她过于丰盈的艺术才能。小青大而黑的瞳孔就越发显得不同寻常了。在这一点上我与妹妹迥然不同。我能吃能睡，粗黑有力，整天在村子里东奔西窜，每天惹下的祸害不少于三次。村子里的人都说："看看小青，这小子绝不是他爹妈生的，简直是杂种。"基于此，村里人在称呼妹妹小青"小妖怪"的同时，只用"小杂种"就把我打发了。我们来到这个村子才几个月，村里人已经给我们一家取了诨名。他们叫我的父亲"四只眼"，而把我的母亲喊成"哎哟喂"——母亲是扬州人，所有的扬州人都习惯于用"哎哟喂"表达他们的喜怒哀乐。一听就知道，我们这一家四口其实是由四类分子组成的。

妹妹很快就出事了。她那双善舞的小手顷刻之间就变得面目全非，再也不能弓着上身、跷着小脚尖向金珠玛米敬献哈达了。那时候正是农闲，学校里也放了寒假，而我的父母整天都奋战在村北的盐碱地。那块盐碱地有一半泡在浅水里，露出水面的地方用不了几天就会晒出一层雪白的粉，除了蒲苇，什么都不长。但村子里给土地下了死命令：要稻米，不要蒲苇。具体的做法很简单——用土地埋葬土地。挖地三尺，再挖地三尺，填土三尺，再填土三尺。这样一来上三尺的泥土和下三尺的泥土就彻底调了个个。工地上真是壮观，邻村的劳力们全都借来了，蓝咔叽的身影在天与地之间浩浩荡荡，愚公移山，蚂蚁搬家，红旗漫舞，号声绵延，高音喇叭里的雄心壮志更是直冲天涯。那个冬季我的父母一定累散了，有一天晚上父亲去蹲厕所，他居然蹲在那里睡着了。后果当然是可以想象的，他在翻身的时候仰到厕所里去了。"轰隆"一声，把全村都吓了一跳。因为此事父亲的绰号又多了一个，很长时间里人们不再叫他"四只眼"，直接就喊他"轰隆"。

父母不在的日子我当然在外面撒野，可是妹妹小青不。她成天待在铁匠铺子里头，看那些铁匠为工地上锻打铁锹。对于妹妹来说，铺子里的一切真是太美妙了，那些乌黑的铁块被烧成了橙红色，明亮而又剔透，仿佛铁块是一只透明的容器，里面注满了神秘的汁液。而铁锤击打在上面的时候就更迷人了，伴随着"当"的一声，艳丽的铁屑就像菊花那样绽放开来，开了一层子，而说没有就没有了。铺子里充满了悦耳的金属声，那些铁块在悦耳的金属声中延展开来，变成了人所渴望的形状。我猜想妹妹一定是被铁块里神秘的汁液迷惑了，后来的事态证明了这一点。她趁铁匠把刚出炉的铁块放在铁砧上离去的时候，走上去伸出了她的小手。小青想把心爱的铁块捧在自己的手上。妹妹小青等待这个时刻一定等了很久了。妹妹没有尖叫。事实上，妹妹几乎在捧起铁块的同时就已经晕倒了。她那双小手顿时就改变了模样。妹妹的手上没有鲜血淋漓，相反，伤口刚一出现就好像结了一层白色的痂。

妹妹是在父亲的怀里醒过来的，一醒来父亲就把妹妹放下了。父亲走到门口，从门后拿起了母亲的捣衣棒。父亲对着我的屁股下起了毒手。要不是母亲回来，我也许会死在父亲的棒下。父亲当时的心情我是在自己做了父亲之后才体会到的。那一次我骑自行车带女儿去夫子庙，走到三山街的时候，女儿的左脚夹在了车轮里，擦掉了指甲大小的一块皮，我在无限心疼之际居然抽了自己一个大嘴巴。就在抽嘴巴的刹那我想起了我的父亲。我愣在了大街上。女儿拉住我的手，问我为什么这样。我能说什么？我还能说什么？

妹妹的手废了。这个自尊心极强的小姑娘从此便把她的小手放在了口袋里，而妹妹也就更沉默了。手成了妹妹的禁忌，她把这种禁忌放在了上衣的口袋，左边一个，右边一个。但妹妹的幻想一刻也没有停息过，一到过年妹妹就问我的母亲：

"我的手明年会好吗?"母亲说:"会的,你的手明年一定会好。"妹妹记住了这个承诺。春节过后妹妹用三百六十五天的时间盼来了第二年的除夕。除夕之夜的年夜饭前妹妹把她的双手放在桌面上,突然说:"我的手明年会好的吧?"母亲没有说不,却再也没有许愿。她的沉默在除夕之夜显得如此残酷,而父亲的更是。

第二年如愿的是村北盐碱地里的蒲苇。开春之后那些青青的麦苗一拨一拨全死光了,取而代之的还是蒲苇。这一年的蒲苇长得真是疯狂。清明过后,那块盐碱地重又泡进了水里,而蒲苇们不像是从水里钻出来的,它们从天而降,茂密、丰饶、油亮,像精心培育的一样。盛夏来临的时候那些蒲苇已经彻底长成了,狭窄的叶片柔韧而又修长,一支一支的,一条一条的。亭亭玉立。再亭亭玉立。一阵哪怕是不经意的风也能把它们齐刷刷地吹侧过去,然而,风一止,那些叶片就会依靠最出色的韧性迅速地反弹回来,称得上汹涌澎湃。大片大片的蒲苇不买人们的账,它们在盐碱地里兀自长出了一个独立的世界,一个血运旺盛的世界。盐碱地就是这样一种地方:世界是稻米的,也是蒲苇的,但归根结底还是蒲苇的。

但我们喜欢蒲苇,尤其是雄性蒲苇的褐色花穗。我们把它们称作蒲棒。在蒲苇枯萎的日子里,我们用弹弓瞄准它们,蒲棒被击中的一刹那便会无声息地炸开一团雪白,雪白的蒲绒四处飞迸,再悠悠地纷扬。我们喜欢这个游戏。大人们不喜欢,原因很简单,蒲绒填不饱肚子,纷飞的雪绒绝对是稻米与麦子的最后葬礼。

在冬季来临的时候,我们选择了一个大风的日子。我们手持蒲棒,十几个人并排站立在水泥桥上。大风在我们的耳后呼呼向前,我们用手里的蒲棒敲击桥的水泥栏杆,风把雪绒送上了天空。我们用力地敲,反正蒲棒是用之不竭的。满天都是疯狂的飞絮,毛茸茸的,遮天蔽日。

我不知道妹妹那时候在什么地方。她从不和众人在一起。然而从后来的事情上来看,妹妹小青一定躲在一个不起眼的地方,偷看我们的游戏。妹妹喜欢这个游戏。但她从不和众人在一起。元旦那天,妹妹小青终于等来了一场大风。妹妹一个人站上水泥桥,把家里的日历拿在了手上,那本日历是母亲两天前刚刚挂到李铁梅和李奶奶的面前的。妹妹在大风中撕开了元旦这个鲜红的日子,并用残缺的手指把它丢在了风里。然后,是黑色的二号,黑色的三号,黑色的四号,黑色的五号,黑色的六号。——妹妹把所有黑色的与红色的日子全都撕下来,日子们白花花的,一片一片的,在冬天的风里沿着河面向前飘飞,它们升腾,翻卷,一点一点地挣扎,最后坠落在水面,随波浪远去。许多人都看到了妹妹的举动,他们同时看到了河面上流淌并跌宕着日子。人们不说话。我相信,许多人都从眼前的景象里看到了妹妹的不祥征兆。

妹妹做任何事情都不同寻常,她特殊的禀赋是与生俱来的。如果活着，妹妹小青一定是一个极为出色的艺术家。艺术是她的本能。艺术是她的一蹴而就。她能将最平常的事情赋予一种意味，一种令人难以释怀的千古绝唱。但是，妹妹如果活着，我情愿相信，妹妹小青是一个平常的女人，一个平常的妻子与平常的母亲，我愿意看到妹妹小青不高于生活，不低于生活。妹妹小青等同于生活，家常而又幸福，静心而又知足。生活就是不肯这样。

就在这一年的冬天，村子里又来了一大批外地人。他们被关在学校里头，整天在学校的操场上坐成一个圈，听人读书、训话。而到了晚上，教室里的灯光总是亮到很晚。我们经常能在夜深人静的时候听到学校那边传来严厉的呵斥与绝望的呜咽。没事的时候我们就会趴在围墙上，寻找那个夜间哭泣的人。但是，这些人不分男女老少，他们的神情都一样，说话的语气、腔调甚至连坐立的姿势都一样。最让人不可思议的是，他们走路的时候就像一群夜行的走兽，小心、狐疑、神出鬼没，你根本不能从他们的身上断定他们在夜间曾经做过什么。

那件事情发生在黄昏，妹妹小青正在校前的石码头上放纸船。这时候从围墙里走出来一个女人，五十多岁，头发又长又白，戴着一副很厚的眼镜，样子有些怕人。女人蹲在妹妹的身边，开始洗衣服。出于恐惧，妹妹悄悄离开了码头，远远地打量。女人在洗衣服的过程中不时地回头张望，确信无人之后，女人迅速地离开了码头，沿着河岸直往前走。而她的衣物、脸盆却顺着水流向相反的方向淌走了。妹妹是敏锐的，她的身上有一种超验的预知力。妹妹跟在女人的身后，一直尾随到村头。一到村头女人就站到冬天的水里去了，往下走，水面只剩下上半身，只剩下头，只剩下花白的头发。妹妹撒腿就往回跑，一边跑一边大声尖叫："救命哪！救命——"

妹妹成功地救了一条人命。人们带着好奇与惊讶的神情望着我的妹妹。妹妹害羞极了，她知道自己做了一件了不起的事情，而脸上的表情却像犯了一个错误。那个女人被人从水里拽上了岸，连她很厚的眼镜也被渔网打捞上来了。但第二天上午发生的事证明了妹妹不是"像犯了一个错误"，真的就是犯了一个错误。第二天女人在操场的长凳子上站了一整天，所有的人都围在她的四周，围了一个很大的圈。临近傍晚的时候，女人的身体在长凳子上不停地摇晃。但是，这个女人有极为出色的平衡能力，不管摇晃的幅度有多大，她都能化险为夷。根据我们在墙头上观察，后来主要是凳子倒了，如果凳子不倒，这个女人完全可以在长凳子上持续一个星期。凳子倒了，女人只能从长凳子上栽下来。不过问题不大，她只是掉了几颗门牙，流了一些血，第三天的上午她又精神抖擞地站到长凳子上去了，直到这个女人莫名其妙地大笑起来。她笑得真是古怪，浑身都一抽一抽的，满头花白的头发一甩一甩的，只有声音，没有内容，我从来都没有听过这种无中生有的欣喜若狂。

妹妹小青救了这个女人的命，应当说，在妹妹短暂的一生中，这是她做得最成功的一件事。而事实上，这件事是一个灾难。

还有几天就要过春节了，我们都很高兴。春节是我们的天堂。那一天中午，学校里的神秘来客终于离开我们村庄了。他们排起队伍，行走在小巷。许多人都站在巷子的两侧，望着这些神秘来客。他们无声无息地来，现在，又无声无息地走。妹妹小青再也不该站在路边的。她从来就不是一个爱热闹的人，一个爱站在人群里的人。然而，那一天她偏偏就在了。世事是难以预料的。悖离常理的事时常发生在我们的身边。没有人能把这个世界说明白。没有人。

队伍走到妹妹身边的时候突然冲出了一道身影。是那个女人。由于过分猛烈，她一下子扑倒在地了。当她重新站立起来的时候她的头发全都散了，很厚的眼镜也掉在了地上。她伸出双手，一把就揪住了妹妹的衣襟，疯狂地推搡并疯狂地摇晃，而自己的身体也跟着前合后仰。她花白的头发在空中乱舞，透过乱发，妹妹看到了女人极度近视的瞳孔，凸在外面，像螃蟹，妹妹当然还看到了失去门牙的嘴巴，黑糊糊的，像一只准备撕咬的蛐蛐。女人把鼻尖顶到妹妹的鼻尖上去，发出了歇斯底里的尖锐喊声："就是你没让我死掉，就是你，就是你！"妹妹的小脸已经吓成了一张纸，妹妹眼里的乌黑灵光一下子就飞走了。只有光，没有内容。妹妹看见鬼了。妹妹救活了她的身体，而她的灵魂早就变成了溺死鬼，在小青的面前波涛汹涌。

女人的双手被人掰开之后妹妹就瘫在了地上。目光直了。嘴巴张开了。

妹妹小青再也不是妹妹小青了。妹妹小青不会害羞了。妹妹小青再也不是小妖怪了。

父亲没有揍我。母亲也没有。

寒假过后妹妹再也没有上学。她整天坐在家门口，数她伤残的指头。只要有人高叫一声："小妖怪，跳一个！"妹妹马上就会手舞足蹈起来。妹妹在这种时候时常像一根上满了弦的发条，不跳完最后一秒，她会永远跳下去，直到满头大汗，直到筋疲力尽。有一回妹妹一直跳到太阳下山，夕阳斜照在空巷，把妹妹的身影拉得差不多和巷子一样长，长长的阴影在地上挣扎，黑糊糊的，就好像泥土已经长出了胳膊，长出了手指，就好像妹妹在和泥土搏斗，而妹妹最终也没有能够逃出那一双手。

在妹妹去世的这么多年来，我经常作这种无用的假设，如果妹妹还活着，她该长成什么样？这样的想象要了我的命，我永远无法设想业已消失的生命。妹妹的模样我无法虚拟，这种无能为力让我明白了死的残酷与生的忧伤。死永远是生的沉重的扯拽。今生今世你都不能释怀。

开春之后是乡下最困难的日子，能吃的差不多都吃了，而该长的还没能长成。大地一片碧绿，通常所说的青黄不接恰恰就是这段时光。家境不好的人家时常都要到邻村走动走动，要点儿，讨点儿，顺手再拿点儿。再怎么说，省下一天的口粮总是没有什么问题的。那一天我们村的三豁来到高家庄，他五十多岁了，但身子骨又瘦又小，看上去就像一个皱巴巴的少年。午饭时分三豁把高家庄走动了一大半，肚子吃得那么饱，走路的时候都脡起来了。这已经很让人气愤了。千不该，万不该，他不该在高大伟家的家门口动起黑心思的。高大伟是去年刚刚退伍的革命军人，门前晒着他的军用棉帽、棉袄、棉裤和棉鞋。三豁真是鬼迷了心窍，他把退伍军人的那一身行头呼噜一下全抱起来了，躲进厕所，把乞丐装扔进了粪坑，以革命军人的派头走了出来。他雄起起的，又沉着，又威武，一副将革命进行到底的死样子。但是他忘记了一个最要紧的细节，衣帽裤鞋都大了一大圈。当他快速转动脑袋的时候，脑袋转过来了，帽子却原地不动。这一来三豁的沉着威武就越发显得贼头贼脑了，更何况这一天又这么暖和，任何一个脑子里没屎的人都不可能把自己捂得这样严实。三豁一出厕所就被人发现了。一个叫花子冒充革命军人，是可忍，孰不可忍？高家庄全村子的人都出动了，他们扒去了三豁的伪装，把他骨瘦如柴的本来面目吊在了树上。他的身上挂满了高家庄的唾沫与浓痰。高家庄的村支书发话了，这绝对不是一般的小偷小摸，其"性质"是严重的。村支书让人用臭烘烘的墨汁在三豁的前胸与后背上分别写下了"反动乞丐"，只给他留下一条裤衩，光溜溜地就把他轰出了高家庄。

高家庄的人再也没有想到我们村会报复。大约在二十天之后，高家庄的高中毕业生高端午到断桥镇去相亲，欢天喜地的。我们村是高家庄与断桥镇的必经之路，高端午回家的时候一头就钻进了我们村的汪洋大海。"反动乞丐"高端午同样被扒得精光，一身的唾沫与浓痰。我们村到处洋溢着仇恨，所有的人都仇恨满胸膛。这种仇恨是极度空洞的，然而，最空洞的仇恨才是最具体的。高端午被痛打了一顿，回村之后他没有往家走，而是赤条条地站在了村支书的家门口。高端午对着支书家的屋檐大声喊道："支书，报仇哇！"

报仇是一种仇恨的终结，报仇当然也是另一种仇恨的起始。我们村料到高家庄的人不会就此罢休的。我们提高警惕。我们铜墙铁壁，我们还众志成城。我们在等他们。

他们没有来，第二天没有，第十天还没有。一个月之后我们却迎来了公社里的电影放映队。天黑之后我们高高兴兴地坐在学校里的操场上。我带着我的妹妹。我的父母亲从来不看电影的，他们给我的任务就是带好我的妹妹。我和妹妹坐在观众的最前排，我们仰着头，看银幕上的敌人如何被公安局像挖花生那样一串一串地挖出来。电影刚放到一半，一个陌生的声音突然大声叫喊起来："高家庄的人来啦，高家庄的人把我们包围啦！"声音刚一传来几个不相识的外乡人就从凳上跳了起来，他们踩着人头与肩膀，迅速地从人群里向外逃窜。我知道出事了，拉起妹妹就往边上跑。这时候公安局长还在银幕上吸烟沉思，而人群已经炸开了。所有的人都在往围墙和大门那儿挤，操场中央只剩下放映员和他的放映机。围墙挡住了慌不择路的人们，人们开始往人身上踩。妹妹就是在这个节骨眼上被人冲散的，她的手心几乎全是疤，滑得厉害。我一点也不能明白妹妹被人挤到什么地方去了。这个慌乱的场景大约持续了十来分钟，十来分钟之后人群就散开了，所有的人都不知所终。我躲在隐蔽的地方，仔细观察了一会儿，没有人。没有一个高家庄的人。一切都是那样的无中生有。

电影已经停止了，只有很亮的电灯亮在那儿。空空的操场被照得雪亮。妹妹与十几个横七竖八的身体倒在墙角。都是些老人与孩子。有人在地上呻吟，但是妹妹没有。我走上前去，妹妹的嘴角和鼻孔里全是血。妹妹脸上的血在电灯的白光底下红得那样鲜。我跪在妹妹的身边，托起妹妹，妹妹小青一动不动，腹部却一上一下地鼓得厉害。我说："小青。"小青没有动。我又说："小青。"小青还是没有动。妹妹的眼睛睁得很大，她望着天。天在天上。后来妹妹的腹部慢慢平息了，而手上的温度也一点一点冷下去。我用力捂住，但我捂不住执意要退下去的温度。她望着天。天在她的瞳孔里放大了。无边无际。我怕极了，失声说："小青！"

我不知道我的父母是什么时候赶来的。我就知道父亲一把把我拽过来了。我知道我没命了。妹妹死在我的手上，父亲一定会把我打死的。这时候许多人又回到操场上来了，我听到了一片尖锐的喊叫。我没有跑,我等着父亲把我打死。父亲没有。父亲一把就把我搂在怀里了。这是我这一生当中父亲对我唯一的一次拥抱。我战栗起来。眼前的这一切,包括父亲的拥抱,都是那样的恐怖至极。

现在是一九九九年的二月九日,妹妹如果还活着,明天就是她的四十岁生日了。但是妹妹小青离开这个世界已经三十一个年头了。我一次又一次追忆她生前的模样,我就是想不起来。按理说妹妹小青已经人过中年了,可是我的妹妹小青她在哪里?

阿木的婚事

什么是奇迹？奇迹就是不可能发生的事情最后发生了。奇迹就是种下了梨树而结出来的全是西瓜，奇迹就是投下水的是鳗苗而捞上来的全是兔子。消息立即被传开了。一顿饭的工夫村里人都听说了，梅香在城里给阿木"说"了一个未婚妻，姓林，名瑶，二十七岁。村里人不信。林瑶是一个多么美妙的名字，电视剧里常有，通常都是总经理的文秘或卡拉OK大奖赛三等奖的获得者。有这样美妙姓名的女人居然肯嫁给阿木，你说这世上还有什么不能发生？然而，事情是真的。梅香证实了这一点。梅香逢人就说，阿木和林瑶"真的是一见钟情"。

阿木有一颗极大的脑袋，方方的，阿木还有一副称得上浓眉大眼的好模样，只可惜两眼间的距离大了一些，与人说话的时间一长，两眼里的目光就做不了主了，兀自散了开来。阿木在大部分情况下都显得很安静，不论是上树还是下地，阿木都把他的双唇闭得紧紧的，动作迅猛而粗枝大叶。没事的时候阿木喜欢钻到人堆里头，两只大耳朵一左一右地支楞在那儿，静静地听，似乎又没听。不过阿木的脾气有些大，总是突发性的，事先没有一点预兆。谁也不知道哪句话会得罪阿木的哪根筋。大伙儿笑得好好的，阿木突然就站起身，气呼呼地甩开大伙儿，一个人走掉。生气之后的阿木走到哪里哪里无风就是三层浪，不是鸡飞，就是狗跳。阿木有一身好肉，当然也就有一身的好力气。阿木最大的快乐就是别人夸他有力气，不管哪里有什么粗活儿，只要有人喊一声"阿木"，阿木一定会像回声那样出现在你的面前。干完了，你一定要说一声"阿木真有力气"，阿木听了这话就会不停地撇他的嘴巴，搓着他的大手十分开心地走开。你要是不说就会很麻烦，用不了多久全村的鸡狗就会蹿出来，一起替阿木打抱不平。

最能证明好消息的还是阿木他自己。返村之后阿木一个人坐在天井的大门口，一声不吭。但他的嘴唇不停地往外撇，这是阿木喜上心头之后最直观的生理反应。对于一般人来说，心里有了喜事一张大嘴巴就要咧得好大，还嘿嘿嘿嘿的。可是阿木不。阿木一点声息都没有，就会撇嘴唇，迅速极了。熟悉阿木的人都说，阿木撇嘴唇其实是在忍。阿木要是急了，什么事都干得出，可是喜事来临的时候，阿木却忍得住。

这刻阿木正坐在自家的门槛上，天井的四周一片安详，都有些冷清了。阿木家的天井平时可不是这样的，这里经常是村子里最快乐的地方。傍晚时分村子里的人都喜欢围在阿木家的天井四周，你不知道天井里头会传出怎样好玩的笑话来。依照常规，阿木只要在外面一发脾气，到家之后一台综艺大观其实也就开始了。要命的是，阿木在外面发脾气的次数特别多，因为阿木喜欢往人多的地方钻。

花狗和明亮他们几个一闲下来就喜欢聚在巷口说笑。花狗和明亮他们在城里头打过工，见得多，识得广，根本不会把阿木放在眼里。阿木挤在他们中间完全是长江里面撒泡尿，有他不多，没他不少。但是花狗和明亮他们聊完了之后都要把话题引到阿木和梅香的身上。梅香是村长的老婆，一个小村长十多岁的镇里女人。花狗就问了："阿木，这几天想梅香了没有？"阿木极其认真地说："想了。"明亮又问："哪儿想了呢？"阿木眨巴着眼睛，看了看自己的胳膊，又看了看自己的脚丫，不能断定自己是哪儿"想了"。明亮说："想不想睡梅香？"阿木说："想睡。"花狗再问："知不知道怎么睡？"这一回阿木被彻底难住了。于是有人就把阿木拖到梅香上午站过的地方，用一根树枝在地上画出梅香的身影，让阿木从裤裆里掏出东西，对着梅香的影子撒尿。花狗问："知不知道怎么睡？"阿木说："知道了。""说说看？"阿木说："对着她尿。"

大伙儿便是一阵狂笑。阿木并不会说笑话，只会实话实说，但他的大实话大部分都能达到赵本山的喜剧效果。许多人都知道自己的老婆曾经被村长睡过，他们在床上也时常恶向胆边生，勇猛无畏地把自己的老婆想象成梅香，但"睡梅香"这样的大话绝对说不出口。大伙儿听了阿木的话笑得也就分外地畅快。他们把阿木称作"村里的赵本山"。可是阿木这个农民的儿子就不会像赵本山那样，反复强调自己是"农民的儿子"，所以阿木不可能是赵本山，只能是"村里的"小品艺术家。

如果花狗这时候要求阿木和梅香"再睡一回"，阿木离发脾气就不远了。刚刚尿完的人说什么也尿不出来的。你一催，阿木便急，离得很开的大眼睛里头就会冒出很焦急的光芒，左眼的光芒和右眼的光芒也不聚集。阿木憋着一口气，恶狠狠地说："尿你妈妈×！"撂下这句话阿木掉头就走。

这一走花狗和明亮他们笑得就更开心了。但他们不会立即散去。他们在等，用不了多久阿木一定会回家去的。事实往往如此。用不了一根烟，阿木说杀回家就杀回家了。阿木一脚踹开木门，杀气腾腾地站在天井的中央，闭着眼睛大声喊道："我要老婆，给我讨个老婆！"阿木的老爹，一个鳏居的养鸡人，就会皱巴巴地钻出鸡舍，用那种哀求的声音小声说："阿木，我也托了不少人了，人家女的不肯哎，你让我替你讨谁呢？"阿木不理他老子的那一套。阿木扯着嗓子说："不管，只要是女的！"

阿木发了脾气之后每一句话都是相声或小品里的包袱，他说一句围墙外面就要大笑一阵。即使阿木天天这样说，大伙儿还是天天这样笑。好段子就是这样的，好演员就是这样的，百听不厌，百看不厌。有阿木在，就有舞台在。只要有了舞台，村子就一定是快乐的、欢腾的。

阿木这会儿彻底安静了，阿木家的天井这会儿也彻底安静了。阿木居然要娶一个叫"林瑶"的女人了。——你说谁能想得到？只能说，皇帝是假，福气是真。

阿木的婚事原计划放在开春之后，但是阿木的老爹禁不住阿木的吼叫和天井外面越来越大的笑声，只能花钱买了日子，仓促着办。一个大风的日子阿木用一条木船把林瑶娶回了村庄。村子里所有的人都赶到了石码头。新娘子一下喜船就不同凡响。林瑶的身段修长而又挺拔，一身红，上身是收腰的红外罩，该凸的凸，该凹的凹，而下身则是一条鲜红的裙子。林瑶的模样像一条上等的红金鱼，足以让村子里的人目瞪口呆。可是没完，因为风大，林瑶戴了一副漆黑的墨镜，而脸上又裹上了一张雪白的大口罩。林瑶的出场先声夺人。人们痛心地发现，林瑶和阿木的关系绝对是鲜花和牛粪的关系，绝对是金鱼与茅坑的关系。林瑶迎着冬天的大风款款而行，鲜红、漆黑、雪白。阿木走在林瑶的身边，合不拢嘴。他那种合不拢嘴的死样子实在让人气得发疯。难怪天下的美女越来越少了，答案就在眼前，全让阿木这样的榆木疙瘩娶回家了。

没有人能看到新娘的脸。但人们一致确认，林瑶的面部绝对有一到三处的致命伤，诸如独眼、翘天鼻、兔唇，再不就是刀疤。否则没有道理。墨镜和口罩说明了这个问题。这一点还可以从林瑶的陪嫁上得到解释。除了一只大木箱，林瑶没有陪嫁。人们的注意力很快从林瑶的身上转移到大木箱子上来了。大木箱实在是太沉了，它几乎把四个男人的背脊全压弯了。一路上就有人猜，大木箱子里头究竟是什么？总不能是黄金吧。花狗决定揭开这个谜。花狗便走上去帮忙。在迎亲的队伍开进天井的时候，花狗一不小心让门槛绊了一脚，一个趔趄，花狗连人带箱一起摔倒在地上。大木箱里的东西散了一地——谜底终于被揭开了：里面全是书。花花绿绿的压塑封面，全是琼瑶、席绢、席慕蓉，一扎一扎的。林瑶听到了身后的动静，回过头来蹲在了大木箱的旁边。林瑶摘下墨镜，解开雪白的口罩，用红裙子的下摆把每一本书都擦了一遍，重新码进了大木箱。热闹的迎亲队伍即刻静了下来，所有的人都目睹了这个寂静的过程。人们失望地发现，林瑶的面部一切正常。尽管林瑶的脸蛋只能算中下，可是五官齐整，没有致命伤。村里人痛心不已，两眼里全是冬天的风。

村里人百思不得其解。你说这到底是什么事？但是当晚的婚宴上村里人终于松了一口气。婚宴很隆重，阿木的老爹养了这么多年的鸡，把能花的钱全砸在阿木的婚宴上了。阿木的老爹借了学校的教室，摆了四十八桌。整个婚宴林瑶和阿木一直低着头，也没有引起太多的注意。后来有人提议，让新娘和新郎去给媒婆梅香敬酒。这个当然是必需的，大伙儿一起鼓掌起哄。让村里人松了一口气的事情就是在这个时候发生的，阿木和林瑶站起了身来。刚走了两步阿木和林瑶却停下脚步了，他们站在乱哄哄的人缝里，端着酒杯，你看着我，我看着你。先是阿木的嘴唇撅了四下，林瑶跟上来嘿嘿嘿嘿就笑了四下，然后阿木的嘴唇又撅了四下，后来就是林瑶嘿嘿嘿嘿地再笑了四下，都把敬酒的事弄忘了。喜宴上突然没有了声息，人们放下筷子，严重关注着这一对新人。林瑶的表情和笑声一点都收不住，一点都做不了自己的主。她那种旁若无人的模样简直像在梦游。下午还痛心不已的人们一直盯着林瑶，他们后来把目光从林瑶的脸上挪了开去，相互对视了一眼，心照不宣地在鼻子里松了一口气。然而林瑶还在笑，只是没有了声音，内心的满足与幸福使她的脸上出现了无可挽救的蠢相和痴相，让心肠软的人看了都心酸。阿木的老爹急了，慌忙说："阿木，给梅香姐敬酒！"阿木一副没魂的样子，伸出手却去碰林瑶手中的酒杯。这对新人把媒婆撂在一边，你敬我一杯，我敬你一杯，自己却喝上了，恩爱得要命。梅香连忙走上来，用酒杯往阿木和林瑶的杯子上撞了一下，不停地说："敬过了，敬过了。"这时候隔壁教室里的客人都围过来了，他们堵在门口与窗前，不说一句话，默默地凝视林瑶。阿木的老爹转过身来，堆上一脸的笑，招呼说："大伙儿喝，大伙儿痛快喝。"

婚礼之后阿木有些日子不往人堆里钻了，人们注意到，阿木一有空就和林瑶厮守在天井里头,不是林瑶帮阿木剪指甲,就是阿木帮林瑶梳梳头,恩爱得都不知道怎么好了。村里的女人们有些不解,她们说:"他们怎么就那么恩爱的呢?"花狗极其权威地摇了摇头,他以牲口们终日陪伴为例,坚决否定了所谓"恩爱"的说法。不过阿木不往人堆里钻,花狗和明亮他们总有些怅然若失。村子里显然比过去冷清了。直到现在他们才发现,不是阿木需要他们,相反,是他们自己需要阿木。阿木对他们来说意义重大。花狗和明亮不能让生活就这么平庸下去。他们不答应。村里人也不答应。他们叫过来一个孩子,让孩子去把阿木叫出来,说有要紧的事情"和他商量"。阿木出来得很晚,他把两只手抄在衣袖里头,瓮声瓮气地问:"什么事?"花狗走上去搂住了阿木的肩膀,拍了几下,却什么也不说。随后花狗就拿起了一根树枝,在地上画了几个圆,一条线。花狗严肃起来,说:"大伙儿静一静,我们开会了。"花狗就着地上的简易图,把乡里修公路的事情对大伙儿说了。"——公路到底从哪儿过呢?"花狗的脸上是一筹莫展的样子。花狗看了看大家,说:"我们得有个意见。"大伙儿都不说话,却一起看着阿木,目光里全是期待与信任。阿木从来没有受到过这样高级的礼遇,两只巴掌直搓,两片嘴唇直撅。花狗递给阿木一根烟,给阿木点上,阿木受宠若惊,都近乎难为情了。花狗说:"阿木,大伙儿最信得过你,你的话大伙儿都听,你得给大伙儿拿个主意。"阿木蹲在地上,想了半天，突然说："那就从我们家门口过吧。"花狗他们相互看了一眼，一言不发。最后花狗说："我看可以。"大伙儿就一起跟着说好。阿木再也没有料到自己把这么重大的事情给决定了，人有些发飘，拔腿就要往回跑，把这个好消息告诉林瑶。花狗一把把阿木拉住了，关切地问："林瑶妹妹对你还好吧？"

"好。"阿木说。

花狗说："说说看。"

阿木低下头，好像在回顾某个幸福的场面，只顾了撅嘴，却笑而不答。花狗一副不高兴的样子，说："我们都替你高兴，关心你，连公路都从你们家门口过了，——说说嘛阿木。"阿木看了看身后，小声说："林瑶关照我，不要对别人说的。"明亮接过话茬儿，说："林瑶关照你不要对别人说什么？"这一问阿木就开始了沉默，但又有些忍不住，仰着头，喜滋滋地说："那你们不要告诉别人。"大伙儿围着阿木，十分郑重地作了保证。阿木便开始说。可是阿木的叙述过于啰嗦，过于枝蔓，有些摸不着边际。花狗和明亮他们就不停地打断他，把话题往床边沿上拉，往枕头边上拉。阿木的话慢慢就走了正题。阿木像转播体育比赛的实况那样开始了床上的画面解说。听众朋友们不停地用笑声和掌声以资鼓励，这一来阿木的转播就更来神了。

阿木的实况转播点缀了多风的冬日，丰富了村里人的精神生活。由于阿木的转播，阿木和林瑶的新房甚至天井的围墙都变得形同虚设。开放了，透明了，外敞了。人们关心着他们，传诵着他们的故事。阿木一点都不知道他们的婚姻生活对村子的人来说意义是多么的重大。阿木能做的只有一点，不停地在家里忙，再不停地在外面说。村子里重新出现了生机。

遗憾当然有。阿木现在再也不发脾气了，这是村里的人十分无奈的事。这一点使阿木的意义大打折扣。阿木走路的时候如果没有鸡飞与狗跳相伴随，就如同花朵谢掉了花瓣，狐狸失去了尾巴，螃蟹折断了双螯，而孔雀也没有了羽毛。这个不行。花狗和明亮作了最大的努力，阿木就是不发脾气。真叫人毫无办法。花狗痛心地总结说："阿木让那个女人废了。"

出人意料的是，林瑶出场了。林瑶成功地补偿了阿木留下来的缺憾。人们意外地发现，在某些方面，林瑶成功地替代了阿木，继承并发展了阿木家天井的观赏性。根据知情者们透露，林瑶一直把自己安排在一个无限虚妄的世界里，不肯承认自己是在乡下，嘴边挂着一口半吊子的普通话。她坚持把阿木称作相公，并在堂屋、鸡舍、茅坑的旁边贴上一些红纸条，写上客厅、马场、洗手间。林瑶的头上永远都要对称地插上两支绢花、一对蝴蝶或别的什么。而太阳好的日子林瑶就要把她的被褥捧出来，晒晒太阳。然后拿上一只小板凳，坐到被褥的旁边，顶着一颗大太阳，手里捧着厚厚的一本书。中午的太阳光线太强了，林瑶便把她的墨镜掏出来，戴上，认真地研读，如痴如醉。阿木家的天井门口经常三三两两地聚集着一些人，他们并不跨过门槛，隔着一些距离打量着林瑶，她那副古怪、沉迷、恍惚而又痴醉的样子实在有点好笑。林瑶不看他们，绝对置身于无人之境。林瑶的样子虽然有些滑稽，但她是瞧不起一般的人的。学校里的老师们听说了林瑶的情状，午饭后正无聊，就一起过来看看。

"林小姐，看书哪？"高老师慢腾腾地说。高老师一进门阿木就把晒着的被褥抱回家了，高老师看在眼里，笑了笑，说："这个阿木。"高老师说着话，伸出手便把林瑶手上的书拽过来了，"看的什么书呢？"

林瑶一把抢过书，泪汪汪地拍着书的封面，说："这里头全是爱情噢。"

王老师说："高老师不要你的爱情，就借你的书看看。"

高老师笑笑，拿眼睛去找阿木他爹，说："阿木爹，你们家的马一天下几个蛋呢？"

阿木的老爹堆上笑，说："孩子玩玩的，闲着无聊，孩子写着玩玩的。"

高老师拍了拍阿木的头，亲切地说："阿木啊。"

林瑶走上去，拉开高老师的手，脸上有些不高兴。

高老师笑起来，背上手，说："我是阿木的老师，我总共教过五年的一年级，有四年就是教阿木的来。"

老师们一阵笑，阿木老爹已经掏出香烟来了，一个人发了一支。

高老师埋着脑袋,从阿木老爹的巴掌心里点了烟,很缓慢地吐出来,说:"阿木啊,还是你有福气啊。娶到了太太。蛮好的。蛮不错的。爱看书。太太的身材蛮不错的。"

林瑶一听到高老师夸奖自己的身材就来神了,身材是林瑶最得意的一件事。林瑶挤到高老师的身边,眨巴着眼睛说:"我袅娜哎。"

老师们的一阵大笑在一秒钟之后突然爆发出来了。看得出,他们想忍,但是没能忍住。迟到而又会心的大笑是分外令人开心的。阿木的老爹没有能听懂林瑶的话,但是,他从老师的笑声和体态上看出儿媳的丑态种种。阿木的老爹转过脸,命令阿木说:"阿木,还不给老师们倒水?"

老师们笑得都直不起身子,他们弓着背脊,对着阿木直摆手。他们弯着腰,擦着眼窝里的泪水,退出了天井。这是村里的老师最快乐的一天。他们把"袅娜"带回了学校,而当天下午"袅娜"这两个字就在村子里纷扬起来了,像不期而然的大雪,眨眼的工夫便覆盖了全村。"袅娜"声此起彼伏。村里人不仅成功地把那两个古怪的发音变成了娱乐,还把它们当成了咒语与禁忌,两个星期之后,当两个女教师在校长室里吵架的时候,她们就是把"袅娜"作为屎盆子扣到对方的头上的,一个说:

"——都怕了你了!告诉你,你再袅娜我都掐得死你!"

另一个不甘示弱,立即回敬说:

"——你裊娜！你们全班裊娜，你们一家子裊娜！"

林瑶的灾难其实从花狗进镇的那天就开始了。四五天之后，花狗回到了村上。花狗把他的挂桨机船靠泊在阿木家门前的石码头上，许多人在巷子的那头远远地看到了花狗。花狗叼着烟，正从石码头上一级一级地爬上来。人们对花狗在这个时候出现表示出了极大的热忱，因为林瑶正站在码头上。众所周知，林瑶傲慢得厉害，除了阿木，几乎不把村子里的人放在眼里。花狗好几次在半道上截住林瑶，拿林瑶搞搞笑，效果都十分的不理想。花狗是村子里著名的智多星，可是不管花狗如何在林瑶的面前巧舌如簧，林瑶都只是冷冷地看着他，不等花狗说完，林瑶的鼻孔里就对称地喷出两股冷气，一副看他不起的样子，转过身哼着小曲走掉。花狗当然想争回这份脸面，屡战屡败，却又屡败屡战。人们远远地看见花狗爬到岸上来了，慢慢走近了林瑶。许多人都看见花狗站到了林瑶的面前，把烟头丢在地上，踩上一只脚，在地上碾了几下。出人意料的事情就是在这个时候发生的。人们都以为林瑶会傲气十足地掉过脸去，像头顶上的两只蝴蝶那样飘然而去的。可是没有。花狗的嘴巴刚动了两下，林瑶的身体就像过电了一样怔在了那里，两只肩头急速地耸了一下。最让人吃惊的景象终于发生了。林瑶抱住头，撒腿就跑。林瑶逃跑的样子绝对称得上慌不择路，她居然没有看清自家大门的正确位置，一头撞在了围墙上。她那种慌不择路的模样像一只误入了教室的麻雀，为了逃命，不顾一切地往玻璃上撞。

花狗站在原处，没动，重新点了一根烟，微笑着走向了人群。大伙儿围上去，问："花狗你使了什么魔法，怎么三言两语就把林瑶摆平了？"花狗一个人先笑了一会儿，伸出一只拳头，把大拇指和小拇指跷出来，说："什么三言两语，六个字，就六个字，我就把她打发了。——傲什么傲？这下看她傲。"花狗长长地"嗨"了一声，说："还城里的呢，还林瑶呢，猪屁！和梅香一样，镇上的，箍桶匠鼻涕虎的三女儿，许扣子。什么林瑶？全是她自己瞎编的。——撒谎的时候倒不呆。刚才一见面，我只说了六个字，鼻涕虎，许扣子！呆掉了，路都不认识了。傲什么傲？这下看她傲！"

整个村子如梦方醒，人们表现出了应有的愤怒，许扣子说什么也不该欺骗乡里乡亲的。就连小学里的学生们都表达了他们诚实的热情，他们在放学的路上围在了阿木家的天井四周，用他们脆亮的童声齐声高叫："鼻涕虎，许扣子！鼻涕虎，许扣子！"他们只能这样。因为事实就是这样。

临近春节，人们在镇上赶集的时候听到了一则好玩的事情，当然是关于许扣子的。现在，村子里的人在赶集的时候又多了一分趣味了，打听打听许扣子的过去，摸一摸许扣子的底。许扣子好玩的事情实在是多。根据许扣子的邻居说，许扣子蛮有意思的，都这个岁数了，天冷了还在被褥上画地图的。"画地图"是一个有趣的说法，其实也就是尿床。

许扣子尿床的事理所当然被带回了村庄，可是大伙儿并没有太当回事。事情当然是好玩的，不过发生在许扣子的身上，说到底也就顺理成章了，也就正常了。

没有想到阿木在这个问题上死了心眼。谁能想得到呢，否则也不会发生那么大的事。那一天其实很平常。中午过后，花狗从阿木的天井旁边经过，阿木正在天井里头晒太阳。花狗看见阿木，说："阿木啊，太阳这么好，还不把被褥拿出来晒晒？"花狗其实是好心，正像花狗所说的那样，要不然，阿木在"夜里头又要湿漉漉的了"。阿木听了花狗的话，站在天井的正中央愣了老半天。阿木红着脸，小声说："没有。"花狗说："阿木，你可是不说谎的。"阿木闭着眼，大叫一声："就没有！"花狗正在笑，突然发现阿木已经不对了。阿木涨得通红的脸膛都紫了，额头上的青筋和分得很开的眼珠一起暴了出来。花狗看到阿木发过无数次的脾气，从来没当回事，但阿木这一次绝对有些怕人。花狗怕阿木冲出来，悄悄就走了。走了很远之后还听见阿木在天井里狂吼"没有"。

林瑶这时候从卧室里出来了，看见阿木的手上拿了一根扁担，歪着脖子，一边喘着粗气一边用发了红的眼睛在天井里四处寻找。林瑶不知道自己的相公发生了什么事，四周又没有人，因而阿木的寻找也就失去了目标。林瑶走上去，说："相公，什么没有？"却被阿木一把推到了墙上，又反弹了回来。阿木一点都不知道睡在地上的林瑶后脑勺已经出血了。他的眼睛还在找。他终于找到家里的鸡窝了。阿木扑上去，一脚踢烂了栅栏，挥起手里的木棍对着老爹的几百只母鸡下起了杀手。几百只母鸡受惊而起，连跑带飞，争先恐后。它们冲进了天井，满天井炸开了母鸡们的翅膀，鸡毛和母鸡的叫声四处纷飞。阿木对着漫飞的鸡毛尖声喊道："没有！没有！就没有！"

蛐蛐 蛐蛐

谁不想拥有一只上好的蛐蛐呢。但是，要想得到一只好蛐蛐，光靠努力是不够的，你得有亡灵的护佑。道理很简单，天下所有的蛐蛐都是死人变的。人活在世上的时候，不是你革我的命，就是我偷你的老婆，但我们还能微笑，握手，干杯。人一死所有的怨毒就顺着灵魂飘出来了。这时候人就成了蛐蛐，谁都不能见谁，一见面就咬。要么留下翅膀，要么留下大腿。蛐蛐就是人们的来世，在牙齿与牙齿之间，一个都不宽恕。活着的人显然看到了这一点，他们点着灯笼，在坟墓与坟墓之间捕捉亡灵，再把它们放到一只小盆子里去。这样一来前世的恩怨就成了现世的娱乐活动。人们看见了亡灵的撕咬。人们彻底看清了人死之后又干了些什么。所以，你要想得到一只好蛐蛐，光提着灯笼是不够的，光在坟墓与坟墓之间转悠是不够的。它取决于你与亡灵的关系。你的耳朵必须听到亡魂的吟唱。

基于此，城里的人玩蛐蛐是玩不出什么头绪来的。他们把蛐蛐当成了一副麻将，拿蛐蛐赌输赢，拿蛐蛐来决定金钱、汽车、楼房的归属。他们听不出蛐蛐的吟唱意味着什么，城里人玩蛐蛐，充其量也就是自摸，或杠后开花。

乡下就不大一样了。在炎热的夏夜你到乡村的墓地看一看吧，黑的夜空下面，一团一团的磷光在乱葬岗间闪闪烁烁，它们被微风吹起来，像节日的气球那样左右摇晃，只有光，只有飘荡。没有热，没有重量。而每一团磷光都有每一团磷光的蛐蛐声。盛夏过后，秋天就来临了。这时候村子里的人们就会提着灯笼来到乱葬岗，他们找到金环蛇或蟾蜍的洞穴，匍匐在地上，倾听蛐蛐的嘹亮歌唱。他们从蛐蛐的叫声里头立即就能断定谁是死去的屠夫阿三，谁是赤脚医生花狗，谁是村支书迫击炮，谁是大队会计无声手枪。至于其他人，他们永远是小蛐蛐，它们的生前与死后永远不会有什么两样。

说起蛐蛐就不能不提起二呆。二呆没有爹，没有娘，没有兄弟，没有姐妹。村子里的人说，二呆的脑袋里头不是猪大肠就是猪大粪，提起来是一根，倒出来是一堆。如果说，猪是大呆，那么，他就只能是二呆，一句话，他比猪还说不出来路，比猪还不如。但是，二呆在蛐蛐面前有惊人的智慧，每年秋天，二呆的蛐蛐来之能战，战无不胜。二呆是村子里人见人欺的货，然而，只要二呆和蛐蛐在一起，蛐蛐是体面的，而二呆就更体面了。一个人的体面如果带上了季节性，那么毫无疑问，他就必然只为那个季节而活着。

一到秋季二呆就神气了。其实二呆并不呆，甚至还有些聪明，就是一根筋，就是脏，懒，嘎，愣，蹲在墙角底下比破损的砖头还要死皮赖脸。他在开春之后像一只狗，整天用鼻尖找吃的。夏季来临的日子他又成了一条蛇，懒懒地卧在螃蟹的洞穴里头，只在黄昏时分出来走走，伸头伸脑的，歪歪扭扭的，走也没有走相，一旦碰上青蛙，这条蛇的上半身就会连同嘴巴一同冲出去，然后闭着眼睛慢慢地咽。可是，秋风一过，二呆说变就变。秋季来临之后二呆再也不是一只狗或一条蛇，变得人模人样的。这时的二呆就会提着他的灯笼，在夜幕降临的时候出现在坟墓与坟墓之间。乱葬岗里有数不清的亡魂。有多少亡魂就有多少蛐蛐。二呆总能找到最杰出的蛐蛐，那些亡灵中的枭雄。二呆把它们捕捉回来，让那些枭雄上演他们活着时的故事。曾经有人这样问二呆："你怎么总能逮到最凶的蛐蛐呢？"二呆回答说："盯着每一个活着的人。"

现在秋天真的来临了。所有的人都关注着二呆，关注二呆今年秋天到底能捕获一只什么样的蛐蛐。依照常规，二呆一定会到"九次"的坟头上转悠的。"九次"活着的时候是第五生产队的队长，这家伙有一嘴的黑牙，个头大，力气足，心又狠，手又黑。你只要看他收拾自己的儿子你就知道这家伙下手有多毒。他的儿子要是惹他不高兴了，他会捏着儿子的耳朵提起来就往天井外面扔。"九次"活着的时候威风八面，是一个人见人怕的凶猛角色。谁也没有料到他在四十开外的时候说死就死。"九次"死去的那个早晨村子里盖着厚厚的雪，那真是一个不祥的日子，一大早村子里就出现了凶兆。天刚亮，皑皑的雪地上就出现了一根鬼里鬼气的扁担，这根扁担在一人高的高空四处狂奔。扁担还长了一头纷乱的长发，随扁担的一上一下张牙舞爪。人们望着这根扁担，无不心惊肉跳。十几个乌黑的男人提着铁锹围向了神秘的飞行物。可他们逮住的不是扁担，却是代课的女知青。女知青光着屁股，嘴里塞着抹布，两条胳膊平举着，被麻绳捆在一条扁担上。女知青的皮肤实在是太白了，她雪白的皮肤在茫茫的雪地上造成了一种致命的错觉。人们把女知青摁住，从她的嘴里抽出抹布，他们还从女知青的嘴里抽出一句更加吓人的话："死人了，死人了！"死去的人是第五生产队的队长，他躺在女知青的床上，已经冷了。女知青被一件军大衣裹着，坐在大队部的长凳上。女知青的嘴唇和目光更像一个死人，然而，她管不住自己的嘴巴。目光虽然散了，可她乌黑色的嘴唇却有一种疯狂的说话欲望，像沼气池里的气泡，咕噜咕噜地往外冒，你想堵都堵不住。女知青见人就说。你问一句她说一句；你问什么细节她说什么细节；你重复问几遍她重复答几遍。一个上午她把夜里发生的事说了一千遍，说队长如何把她的嘴巴用抹布塞上，说队长如何在扁担上把她绑成一个"大"字，说队长一共睡了她"九次"，说队长后来捂了一下胸口，歪到一边嘴里吐起了白沫。村里人都知道了，都知道队长把女知青睡了九次，都知道他歪到一边嘴里吐起了白沫。人们都听腻了，不再问女知青任何问题，女知青就望着军大衣上的第三只纽扣，一个劲地对纽扣说。后来民兵排长实在不耐烦了，对她大吼一声，说："好了！知道了！你了不起，九次九次的，人都让你睡死了，还九次九次的——再说，再说我给你来十次！"女知青的目光总算聚焦了，她用聚焦的目光望着民兵排长，脸上突然出现了一阵极其古怪的表情，嘴角好像是歪了一下，笑了一下。她脱色的脸上布满了寒冷、饥渴和绝望，绝对是一个死人。这次古怪的笑容仿佛使她一下子复活了。复活的脸上流露出最后的一丝羞愧难当。

第五生产队的队长就此背上了"九次"这个费力费神的绰号。如果队长不是死了，谁也没有这个胆子给他起上这样的绰号的。"九次"人虽下土，但是，他凶猛的阴魂不会立即散去，每到黑夜时分，人们依然能听见他蛮横的脚步声。这样的人变成了蛐蛐，一定是只绝世精品，体态雄健，威风凛凛，金顶，蓝项，浑身起绒，遍体紫亮，俗称"金顶紫三色"，这样的蛐蛐一进盆子肯定就是戏台上的铜锤金刚，随便一站便气吞万里。毫无疑问，二呆这些日子绝对到"九次"的墓地旁边转悠了。除了二呆，谁也没那个贼胆靠近"九次"那只蛐蛐。

不过，没有人知道二呆这些日子到底在忙些什么。到了秋天他身上就会像蛐蛐那样，平白无故地长满爪子，神出鬼没，出入于阴森的洞穴。可没有人知道二呆到底喜欢什么样的洞。有人注意过二呆的影子，说二呆的影子上有毛，说二呆的影子从你的身上拖过的时候，你的皮肤就会像狐狸的尾巴扫过一样痒戳戳的。那是亡魂的不甘，要借你的阳寿回光返照。所以，你和二呆说话的时候，首先要看好阳光的角度，否则，你会被招惹的。这样的传说孤立了二呆，但是，反过来也说明了这样一个问题，二呆的双脚的确踩着阴阳两界。一个人一旦被孤立，他不是鬼就是神，或者说，他既是鬼又是神。你听二呆笑过没有？没有。他笑起来就是一只蛐蛐在叫。他一笑天就黑了。

有一点可以肯定，今年秋天二呆还没有逮到他中意的蛐蛐。人们都还记得去年秋天二呆的那只"一锤子买卖"，"一锤子买卖"有极好的品相，体型浑圆，方脸阔面，六爪高昂，入盆之后如雄鸡报晓，一对凶恶的牙齿又紫又黑。俗话说，嫩不斗老，长不斗圆，圆不斗方，低不斗高。老，圆，方，高，"一锤子买卖"四美俱全。去年秋天的那一场恶斗人们至今记忆犹新。在瑟瑟秋风中，"一锤子买卖"与"豹子头"、"青头将军"、"座山雕"、"鸠山小队长"和"红牙青"展开了一场喋血大战，战况惨烈空前，决战是你死我活的，不是请客吃饭。"一锤子买卖"上腾下挪，左闪右撇，不"喷夹"，不"滚夹"，不"摇夹",只捉"猪猡",甩"背包",统统只有"夹单",也就是一口下阵,"一锤子买卖"就是凭着它的一张嘴,一路霸道纵横。口到之处,"咔嚓"之声不绝。"一锤子买卖"玩的就是一锤子买卖。没有第二次,没有第二回。"豹子头"与"青头将军"们翅、腿、牙、口非断即斜,它们沿着盆角四处鼠窜,无不胆战心寒。"一锤子买卖"越战越勇,追着那些残兵游勇往死里咬,有一种打不尽豺狼决不下战场的肃杀铁血。烽烟消尽,茫茫大地剩下"青头将军"们的残肢断腿。入夜之后,村子里风轻月黑,万籁俱寂,天下所有的蛐蛐们一起沉默了,只有"一锤子买卖"振动它的金玉翅膀,宣布唯一胜利者的唯一胜利,宣布所有失败者的最后灭亡。

"一锤子买卖"后来进城了。城里的人带走了"一锤子买卖"。而二呆得到了一身崭新的军服和一把雪亮的手电。那可是方圆十里之中唯一的一把手电。二呆穿着崭新的军服,在无月的夜间,二呆把他的手电照向了天空。夜空被二呆的手电戳了一万个窟窿。

今年秋天二呆至今没有收获。二呆一定在打"九次"的主意。可是,"九次"哪里能是一只容易得手的蛐蛐?

二呆没有料到六斤老太会在这个秋季主动找他搭讪。二呆这样的二流子六斤老太过去看也不会看他一眼的。然而,六斤老太今年死了女儿,这一来情形就大不一样了。六斤老太的女儿幺妹四月二十三日那天葬身长江了，直到现在尸体都没有找到。正因为尸体没有找到，六斤老太始终确信她的女儿依然活着。死不见尸，应该看成另外一种意义上的活着。幺妹所用过的东西至今还在家里，她的鞋，梳子，碗，筷，每一样都在运动着，就像被幺妹的手脚牵扯着一样。当然，移动那些的不是幺妹的手脚，而是六斤老太超乎寻常的固执与仿生描摹。六斤老太每天都要坐在门前说话，她的眼睛永远盯着一个并不存在的东西，那个并不存在的东西当然就是幺妹。六斤老太就那么一问一答，一说就是一个上午，要不就是一个下午。六斤老太的执拗举动让所有路过的人心里都不踏实，就好像他们生存的不是人世，而是和幺妹一起，来到了冥间；就好像幺妹真的就在你的面前，你看不见她，只是幺妹在给你捉迷藏。要不然六斤老太和幺妹的聊天怎么就那么像真的呢，要不然六斤老太怎么会那么气闲神定的呢，要不然六斤老太怎么会那么心旷神怡的呢。村子里的人们劝过六斤老太，说："六斤，你就别伤心了。"六斤老太反过来安慰劝解她的人，六斤老太说："我伤心什么？我不伤心，幺妹过几天就回来了，她亲口告诉我的。"六斤老太说这句话的时候脸上洋溢着知足的笑容，幸福得要命。她一笑劝她的人就心如刀绞，还毛骨悚然。后来村子里的人就再也不劝六斤老太了。人们见了她就躲，人们见了六斤老太比见了二呆躲得还要快。

这一天六斤老太堵住了二呆。一把抓住了二呆的手，递给他两只现烤的山芋。六斤老太等她的幺妹实在是等得太久了，幺妹就是不回来，六斤老太显然失去耐心了。六斤老太极不放心地问二呆说："二呆，你见过双眼皮的蛐蛐没有？"二呆的心口凛了一下，立即就懂了六斤老太的意思。二呆挣开六斤老太的手，说："所有的蛐蛐都长了一双三角眼。"

六斤老太说："二呆，见到双眼皮的蛐蛐给我看一眼。你卖给我，我给你钱。"

二呆把手上的烫山芋摁回六斤老太的手上，说："双眼皮的是鱼，我从不抓鱼。我只逮蛐蛐。"

六斤老太说："二呆……"

二呆已经像风那样消失在墙的拐角。

幺妹是四月二十三日那天葬身长江的，那一天幺妹参加了地区举办的"渡江战役"。这是为纪念渡江胜利二十五周年而举办的模拟战争。尽管只是模拟，可是，这场战役在气势和场面上充分体现了人民战争的恢弘与壮阔。二十三日凌晨，数万只农船载着数十万战士浩浩荡荡地向想象中的蒋家王朝发动了最后攻击。就像历史曾经显示过的那样，战争取得了预料之中的胜利。胜利如期来临。唯一的意外是幺妹掉进了长江。因为事故发生在凌晨，江面上能见度极低，幺妹的溺水完全被铺天盖地的杀声掩盖了。要奋斗就要有牺牲，所以，幺妹走的时候是幺妹，回来的时候已经是革命烈士了。幺妹没有尸体，只在烈士证书上留下了姓名。

村里的人还记得去年夏天幺妹从镇上中学返村时的情景。幺妹留着很短的运动头，后背上背着一只金灿灿的新草帽，那是用当年的麦秸秆编织的劳保用品，宽宽的边沿上写着鲜红的八个大字：广阔天地大有作为。幺妹有一双很大的眼睛，双眼皮，在她眨巴眼睛的时候，透出一股英姿飒爽的巾帼豪气。但是，幺妹的飒爽英姿没有能够持久。没有人知道它们现在在哪里。二呆也不知道。只有鱼知道。然而水里的鱼其实是天上的星星所说的谎话，二呆怎么会明白呢？二呆就知道人间的生死，不知道天上的谎言。

这些夜晚二呆一直生活在乱葬岗。现在的蛐蛐和以前真是不一样了，个个都狠，个个都凶，叫出来的声音全都透出一股杀气。二呆就是弄不明白，现在的蛐蛐怎么就有那么毒的怨仇，那么急于厮咬，那么急于刺刀见红。可是，个个都狠，其实也就失去了意义。想要良中取优，优中拔尖，反而更不容易了。二呆蹲在坟墓与坟墓之间，极其仔细地用心谛听。二呆不敢轻举妄动，更不敢轻易打开手电。你一有动静，那些蛐蛐立即就会闭嘴。人即使死了，变成了蛐蛐，亡灵惧怕的其实还是活人。活人与亡灵之间依旧存在一种捕捉与防范的关系。否则蛐蛐不会那么躲避活人，蛐蛐对活人的风吹草动不会那样地分外警觉。想想看，蛐蛐的脑袋上长了两根触须，而屁股上同样长了两根触须，四根触须其实就是四个雷达，对前、后、左、右保持着高度的警惕。这种状况只能说明一个问题，人们对自己的死后有一种深切的忧虑，人在变成蛐蛐的刹那始终不忘告诫自己：提高警惕，保卫自己。

在众多的蛐蛐声中，有一个声音引起了二呆的高度注意。和大部分凶猛的蛐蛐一样，这个蛐蛐难得叫一声。但是，它的声音嘶哑、苍凉、压抑，有一种金属感。二呆的两只耳朵当即就竖起来了。二呆慢慢地靠近过去，而刚一出脚，蛐蛐立即停止了振翅。二呆站在原处，足足等了两顿饭的工夫。后来那只蛐蛐又叫了一声，二呆还没有来得及挪窝，蛐蛐的叫声突然戛然而止了。二呆决定等。为了这只蛐蛐，二呆可以等到天亮。然而，二呆的等待没有能够继续，他在浓黑的夜色之中看到一块更黑的影子移向了自己。二呆不知道那是谁，可以肯定的是，那是另一个逮蛐蛐的人。二呆不想让人知道自己又发现了一只上好的蛐蛐。二呆决定撤。二呆记住了这个墓。二呆吃惊地发现，这个坟墓居然是学校里敲钟的小老头的。

敲钟的小老头一九五八年冬天就来到村里了，来的时候就一个人。说起来也十来年了。小老头精瘦精瘦的，一年四季有三个季节穿着中山装，中山装笔挺，没有一处马虎，没有一处褶皱。而小老头的走路就更加特别了。他的步子迈得严肃而又认真，每一步都像他的头发那样一丝不苟。听人说，小老头是城里的，见过大世面。至于小老头为什么要到乡下来，那就复杂得要了命。没人知道。但是，有人听学校的校长说，小老头的嘴里长了五根舌头,一根说上海话,一根说高音喇叭里的普通话,一根说英格里希,也就是英语,剩下来的两根舌头一根说法格里希,一根说日格里希。村子里的人一直想弄清五根舌头是怎么长的,就是弄不清楚。因为小老头从来不开口,从来不说话。其实村子里的人并不在乎小老头的舌头到底会说什么,人们感兴趣的是,小老头年轻的时候是怎么和女人亲嘴的。女人们可是讨了大便宜了。你想想,五根舌头搅来搅去,还不把女人快活疯了?不过神话很快就破灭了。那一年的春节前后,小老头从城里收到了一摞子信,还有一瓶酒。小老头先是看完了信,后是喝了酒。酒后的小老头连着冷笑了好几声,居然把所有的斯文都丢在了一边,张大了嘴巴号哭了起来。村子里的人奔走相告,人们说,小老头开口了,小老头开口了!一个村子的人都围在了小老头的四周。人们看见小老头的皱脸红得像一个灯笼辣椒,一脸的酒,一脸的泪。小老头伤心至极,旁若无人,闭着眼睛,把嘴里的舌、牙,以及心中的痛全部露在了全村的百姓面前。人们失望地发现,小老头只有一根舌头。这就没有意思了。人们离开了小老头,把小老头一个人留在冬天的风里。

　　小老头在学校里敲钟。平心而论,小老头的钟敲得不错。学校里的老师们说,他的钟声分秒不差。要知道,村子里的人们过去都是依靠高音喇叭里的"最后一响"来判定时间的,但是,那是"北京时间",你说说看,村里人要知道北京的时间做什么？这不是没事找事吗？现在，小老头的钟声终于使村里人有了自己的时间了。小老头就是村子里的一只钟。他幽灵一样的双腿就是闹钟上的时针与分针。寂寞是小老头自己的，只要他别停下来。基于此，人们原谅了小老头嘴里唯一的一根舌头。

小老头死在今年的夏天，这一点可以肯定。然而，小老头死于哪一天，怎么死的，至今还是个谜。小老头活着的时候就是一个谜，死得神秘一点也就顺理成章了。有些人的一生天生就神神道道，他们就那个命。来无影，去无踪，像树梢上的风。

暑假来临之后学校里头就空荡了，整个校园只剩下铺天盖地的阳光和铺天盖地的知了声，与之相伴的是小老头幽灵一样的身影。然而，老槐树上的钟声每天照样响起，校长的老婆关照过的，他们家的闹钟坏了——不管学校里有没有学生，钟还是天天敲。"是公鸡你就得打鸣。"

就在八月中旬，离开学不远的日子，学校院墙外面的几户人家闻到了肉类的腐臭气味。气味越来越浓，越来越凶，姜家的瞎老太太赌气地说，怎么这么臭？小老头烂在床上了吧！这一说把所有人的眼睛都说亮了，人们想起来了，老槐树上的钟声的确有四五天不响了。他们翻过围墙，一脚踹开小老头的房门，"嗡"地一下。黑压压的苍蝇腾空而起，像旋转着身躯的龙卷风。密密麻麻的红头苍蝇们夺门而出的时候，成千上万颗红色的脑袋撞上了八月的阳光,眨眼间,小老头的房门口血光如注。苍蝇在飞舞,而小老头躺在床上。蛆在他的鼻孔、眼眶、耳朵上面进进出出。它们肥硕的身躯油亮油亮的,因为笨拙和慵懒,它们的蠕动越发显得争先恐后与激情澎湃。蛆的大军在小老头的腹部汹涌,它们以群体作战这种战无不胜的方式回报了死神的召唤。它们在侦察,深挖,你拱着我,我挤着你。它们在死神的召唤之下怀着一种强烈的信念上下折腾、欢欣鼓舞。

而小老头的尸体是那样地孤寂。孤寂的死亡是可耻的,因为这种死亡时常会构成别人的噩梦。然而,孤寂的亡灵有可能成为最凶恶的蛐蛐。申冤在我,有冤必报。一生的怨恨最终变成的只能是锋利的牙。

一大早村子里传出了好消息,说知青马国庆捉了一只绝品蛐蛐。根据这只蛐蛐狠毒的出手,人们猜测,"九次"有可能被马国庆捉住了。马国庆是一个南京知青,一个疯狂的领袖像章迷。他收藏的像章多得数不过来,最大的有大海碗那么大,而最小的只有指甲盖那么小。不仅如此,马国庆的收藏里头还有两样稀世珍品,号称"夜光像章"。夜光像章白天看上去没有任何异常,而一到了深夜,像章就会像猫头鹰的眼睛那样,兀自发出毛茸茸的绿光。这就决定了像章在二十四小时当中都能够光芒万丈。据说,在黑夜降临之后,马国庆有时候会把夜光像章一左一右地别在自己胸前，我们的领袖会无中生有地绿亮起来，对着黑洞洞的夜色亲切地微笑。谁能想到马国庆会迷上蛐蛐呢？他在百无聊赖的日子里头说迷上就迷上了。不光是迷上了，由于马国庆不相信蛐蛐是死人变的，他在玩蛐蛐的过程当中还不停地宣讲唯物主义蛐蛐论。二呆一听到马国庆说话就烦。二呆拒绝与他交手。二呆说："他知道个屁！"

马国庆把他新捉的蛐蛐取名为"暴风骤雨"。不过私下里头，人们还是把"暴风骤雨"习惯性地称作"九次"。"九次"身手不凡，一个上午已经击退了四只蛐蛐。有人把这个消息告诉了二呆，二呆躺在床上，侧过身子又睡了。二呆根本不信。二呆不相信一夜和女人干了九次的男人死后能变成有出息的蛐蛐。九次那样的人，活着的时候凶，死了之后肯定是一条软腿。二呆现在就盼着天黑，天黑之后到小老头的坟头上转悠。二呆坚信，那一只孤寂的蛐蛐才是其他蛐蛐的夺命鬼、丧门星。

这个夜晚黑得有点过分。天上没有月亮，连一颗星星都看不见。真是伸手不见五指。二呆的嘴里衔着一根黄狼草，胳肢窝里夹着手电，一个人往乱葬岗走去。走到村口的时候，二呆听见漆黑的巷尾传出了四五个人的脚步声。他们肯定是搭起伴来到乱葬岗逮蛐蛐去的。这一点瞒不过二呆。二呆决定拦住他们。今夜除了自己，二呆不允许乱葬岗上有任何一个人。二呆站立在暗处，不动。就在脚步声走到面前的刹那，二呆把手电对准自己的下巴，用力摁下了开关。黑咕隆咚的空中突然出现了一张雪亮的脸，无声无息，像一张纸那样上下不挂，四边不靠，带着一种极为古怪的明暗关系。四五个人钉在那里，还没有来得及尖叫，二呆眨巴了一下眼睛，这就是说，画在一张纸上的眼睛突然眨巴了。而手电说闭就闭。浓黑之中二呆听见他们转过了身去，一路呼啸狂奔。他们跑一路叫一路："有鬼，有鬼！九次回来啦！九次回来啦！"整个村子乒乒乓乓响起了慌乱的关门声。二呆站在那儿，知道今晚不会有第二个人到乱葬岗去了。二呆无声地笑了笑，慢悠悠地往乱葬岗晃去。

走进乱葬岗之后二呆找到了小老头的坟墓。天实在是太黑了，所有的树木只是一些更黑的影子。二呆小心地匍匐在小老头的墓前，用尽全力去谛听、分辨。可是，那个嘶哑和苍老的声音始终没有出现。二呆知道好蛐蛐是不会轻易挪窝的，干脆躺了下来，闭上眼睛，睁开了耳朵。二呆不知道自己躺了多久，似乎是睡着了。二呆一点都没注意到知青马国庆已经站在他的面前了。这些夜晚马国庆一直尾随在二呆的身后，这个热爱像章的知青痴迷蛐蛐已经达到了不思茶饭的程度。二呆走到哪儿，马国庆就跟到哪儿。

一觉醒来之后二呆睁开了眼睛。夜还是那么黑，还是那样伸手不见五指。但是睁开眼睛的二呆觉察到浓黑当中有了点异样。二呆发现一块比黑夜更黑的影子站立在自己的身前，有些像人，直挺挺的。二呆的头皮有些发毛，终于不放心了，对着人影打开了手电。二呆的手电刚一打开对面的影子却伸出了一只手来。二呆的胳膊一软，手电掉在地上。灭了。乱葬岗重新坠入了阴森森的黑。让二呆灵魂出窍的事情就在这个时候发生了。在强光的刺激下，夜光像章放亮了。比黑夜更黑的影子胸脯上突然睁开了一双圆圆的眼睛，发出骇人的绿光。两眼离得很远，每一只都有张开的嘴巴那么大，咄咄逼人，炯炯有神。整个漆黑的天地之间就这一双绿眼睛。二呆身上所有的汗毛立即竖了起来。而那一对巨大的瞳孔死死地盯着二呆，目不转睛，虎视眈眈。马国庆往前跨了一步，二呆甚至都没有来得及喊救命，他的灵魂就出窍了，当场变成了一只蛐蛐。二呆在乱葬岗里走了一夜。第二天凌晨二呆回到村子里的时候，人们意外地发现，二呆不一样了。现在的二呆既是一只蛐蛐又是一个人，或者说，他既不是一只蛐蛐也不是一个人。一句话，他的双脚一只脚踩着阳界，另一只脚彻底踏进了冥府。

唱西皮二黄的一朵

十九岁的一朵因为电视上的数次出镜而迅速蹿红,用晚报上的话说,叫人气飙升。一朵其实是一个乡下孩子,七年以前还一身土气,满嘴浓重的乡下口音。剧团看大门的师傅还记得,一朵走进剧团大门的时候袖口和裤脚都短得要命,尤其是裤脚,在袜子的上方露着一截小腿肚子。那时的一朵并不叫一朵,叫王什么秀的,跟在著名青衣李雪芬的身后。看大门的师傅一看李雪芬的表情就知道李老师又从乡下挖了一棵小苗子回来了,老师傅伸出他的大巴掌,摸着一朵的腮,说:"小豌豆。"老师傅慈眉善目,就喜欢用他爱吃的瓜果蔬菜给小学员们起绰号,整个大院都被他喊得红红绿绿的。一朵用胳膊擦了一下鼻子,抿着嘴笑,随后就瞪大了眼睛左盼右顾。她的眼珠子又大又黑,尽管还是个孩子,眼珠子里头却有一份行云流水的光景,像舞台上的"运眼"。这一点给了老师傅十分深刻的印象。事实上，送戏下乡的李雪芬在村口第一次看见一朵的时候就动心了。那是黄昏，干爽的夕阳照在一堵废弃的土基墙上，土基墙被照得金灿灿的，一朵面墙而立，一手捏一根稻草，算是水袖，她哼着李雪芬的唱腔，看着自己的身影在金灿灿的土基墙上依依不舍地摇曳。李雪芬远远地望着她，她转动的手腕和跷着的指尖之间有一种十分生动的女儿态，叫人心疼。李雪芬"咳"了一声，一朵转过身，她的两只眼睛简直让李雪芬喜出望外。一朵的眼睛黑白分明，眼珠子又黑又亮又活，称得上流光溢彩。因为害羞，更因为胆大，她用眯着的眼睛不停地睃李雪芬，乌黑的睫毛一挑一挑的，流荡出一股情脉脉水悠悠的风流态度。"这孩子有二郎神呵护，"李雪芬对自己说，"命中有一碗毡毯上的饭。"根据李雪芬的经验，能把最日常的动态弄成舞台上的做派，才算得上是天生的演员。

现在的一朵已经不再是七年前的那个一朵了。她已经由一个乡下女孩成功地成为李派唱腔的嫡系传人。现在的一朵衣袖与裤脚和她的胳膊腿一样长，紧紧地裹在修长的胳膊腿上。一朵在舞台上是一个幽闭的小姐或凄婉的怨妇，对着远古时代倾吐她的千种眷恋与万般柔情。舞台上的一朵古典极了，缠绵得丝丝入扣，近乎有病。然而，卸妆之后，一朵说变就变。古典美人耸身一摇，立马还原成前卫少女，也许还有一些另类。要是有人告诉你，七年之前一朵还是土基墙边的一棵小豌豆，砍了你你也不信。但是，不管如何，随着一朵在电视屏幕上的频频出镜，一朵已经向大红大紫迈出她的第一步了。依照一般经验，一个年轻而又漂亮的青衣只要在电视上露几次面，一旦得到机会，完全有可能转向影视，在十六集的电视剧中出演同情革命力量的风尘女子，或者到二十二集的连续剧中主演九姨太，与老爷的三公子共同追求个性解放。一朵的好日子不远了，扳着指头都数得过来。

现在是五月里的一天，一朵与她的姐妹们一起在练功房里作体型训练。十几个人都穿着高弹紧身衣，在扇形练功房里对着大镜子吃苦。大约在四点钟左右，唱老旦的刘玉华口渴了，嚷着叫人出去买西瓜。十几个人你推我，我推你，经过一番激烈的手心手背，最后还是轮到了刘玉华。刘玉华其实是故意的，大伙儿都知道刘玉华是一个火热心肠的姑娘。二十分钟过后，刘玉华一手托着一只西瓜回到了练功房，满脸是汗。一进门刘玉华就喊亏了，说海南岛的西瓜贵得要命，实在是亏了。刘玉华就这么一个人，因为付出多了，嘴上就抱怨，其实是撒娇和邀功。放下一只西瓜之后刘玉华似乎突然想起了什么，抱着另一只西瓜哎呀了一声，大声说，你们说那个卖西瓜的女人像谁？就是老了点，黑一点，皱纹多了点，眼睛浑了点，小了点，说话的神气才像呢，你们没看见那一双眼睛，才像呢！刘玉华说这话的时候开始用眼睛盯着大镜子里的一朵，大伙儿也就一起看。都明白了。谁都听得出刘玉华说这些话骨子里头是在巴结一朵，一朵和团长的关系大伙儿都有数，有团长撑着，用不了几天她肯定会红上半边天的。一朵正站在练功房的正中央，背对着大伙儿。她在大镜子里头把所有的人都瞄了一遍，最后盯住了刘玉华。一动不动。脸上没有一点表情。一朵突然把擦汗的毛巾丢在了地板上，两只胳膊也抱在了乳房下面，说："我像卖西瓜的，你像卖什么的？"一朵的口气和她的目光一样，清冽得很，所以格外地冷。刘玉华遭到了当头一棒，愣在那儿。她和一朵在大镜子里头对视了好半天，终于扛不住了，汪开了两眼泪。刘玉华把抱在腹部的西瓜扔在了地板上，掉头就走。西瓜被摔成了三瓣，还在地板上滚了几滚。一朵转过身，叉着腰，一晃一晃地走到刘玉华刚才站过的地方，盘着腿坐了下来，拿起西瓜就啃。啃两口就撅起了嘴唇，对着大镜子吐瓜籽。大伙儿望着一朵，这个人真的走红了。人一走红脾气当然要跟着长，要不然就是做了名角也不像。大伙儿看着一朵吐瓜籽的模样，十分伤感地想起了前辈们常说的一句老话："成名要早。"一朵坐在地板上，抬头看了大伙儿一圈，似乎把刚才的事情都忘记了，不解地说："看什么？怎么不吃？人家玉华都买来了。"

但是一朵并没有把刘玉华的话忘了。洗过澡之后一朵坐在镜子面前，用手背托住腮，把自己打量了好半天。她倒要到西瓜摊上看一看那个女人，她倒要看看刘玉华到底是怎么作践自己的。不过刘玉华倒是从来不说谎,这一来问题似乎又有些严重了。一朵穿好衣服,随手拿了几个零钱,决定到西瓜摊去看个究竟。一朵出门之后回头张望了一眼,身后没有人。她以一种闲散的步态走向西瓜摊。西瓜摊前只有一个男人,他身后的女人正低着头,嘴里念念有词,在数钱。让一朵心里头"咯噔"一下的事情就在这个时候发生了,女人抬起了头来,她的双眼与一朵的目光正好撞上了。一朵几乎是倒吸了一口气,怔怔地盯着卖西瓜的女人。这个年近四十的乡下女人和自己实在是太像了。尤其是那双眼睛。卖西瓜的女人似乎同样意识到了这一点,先是愣了一下,随后居然咧开了嘴巴,兀自笑了起来。女人说:"买一个吧,我便宜一点卖给你。"一朵听了就来气,"便宜一点卖给你",这话听上去就好像她和一朵真的有什么瓜葛,就好像她长得像一朵她就了不起了,都套上近乎了。最让一朵不能忍受的是,这个卖西瓜的女人和一朵居然是同乡,方圆绝对不超过十里路。她的口音在那儿。一朵转过脸,冰冷冷地丢下一句普通话:"谁吃这东西。"

一朵走出去四五步之后又回了一下头,卖西瓜的女人伸长了脖子也在看她,嘴巴张得老大,还笑。她一点都不知道自己张大了嘴巴有多丑。一朵恨不得立即扑上去,把她的两只眼睛抠成两个洞。

这个黄昏成了一朵最沮丧的黄昏。无论一朵怎样努力,卖西瓜的女人总是顽固地把她的模样叠印在一朵的脑海中。一朵挥之不去。它使一朵产生了一种难以忍受的错觉：除了自己之外，这个世界还有另外一个自己。要命的是，另一个自己就在眼前，而真正的自己反倒成了一张画皮。一朵觉得自己被咬了一口，正被人叼着，往外撕，往下扒。一朵感到了疼。疼让人怒。怒叫人恨。

生活其实并没有什么变化，昨天等于今天，今天等于明天。但是，吃了几回西瓜之后，一朵感到姐妹们开始用一种怪异的神态对待自己。她们的神情和以往无异。然而，这显然是装的，唱戏的人谁还不会演戏，要不然她们怎么会和过去一样？一样反而说明了有鬼。在她们从一朵身边走过的时候，她们的神情全都像买了一只西瓜，而买了一只西瓜又有什么必要和过去不一样呢？这就越发有鬼了。一朵连续两天没有出门，她不允许自己再看到那个女人，甚至不允许自己再看到西瓜。然而，人一怕鬼，鬼就会上门。星期三中午一朵刚在食堂里坐稳，远远地看见卖西瓜的女人居然走到剧团的大院来了。她扛着一只装满西瓜的蛇皮袋，跟在一位教员的身后。大约过了三五分钟，让一朵气得发抖的事情再一次发生了。女人送完了西瓜，她在回头的路上故意绕到了食堂的旁边，伸头伸脑的，显然是找什么人的样子。这个不知趣的女人在看见一朵之后竟然停下了脚步，露出满嘴牙，冲着一朵一个劲地笑。她笑得又贴近又友善，不知道里头山有多高水有多深，好像真有多少前因后果似的。一朵突然觉得食堂里头静了下来。她抬起眼,扫了一遍,一下子又与女人对视上了。女人仔细打量着一朵,她的微笑已经不只是贴近和友善了,她那种样子似乎是见到了失散多年的亲妹妹,喜欢得不行,歪着头,脸上挂上了很珍惜的神情,都近乎怜爱了。她们一个在窗外,一个在窗内,尽管没有一句话,可呈现出来的意味却是十分的意味深长。一朵低下头,此时此刻,她最想做的事情就是站起来,大声地告诉每一个人,她和窗外的女人没有一点关系。但是,否定本来就没有的东西,那就更加此地无银了。一朵的嘴里衔着茼蒿,咽不下去,又吐不出来。所有的人都注意到,一朵的脸开始是红了一下,后来慢慢地变了,都青了。一朵把头侧到一边,只给窗口留下了后脑勺。她青色的脸庞衬托出满眼的泪光,像冰的折射,锐利的闪烁当中有一种坚硬的寒。卖西瓜的女人现在成了一朵附体的魂,一朵她驱之不散。

星期五下午四点过后,一朵必须把手机打开。这部手机暗藏了一朵的隐秘生活。手机是张老板送的。其实一朵的一切差不多都是张老板送的,除了她的身体。但严格意义上说,张老板每个星期也就与一朵联系一次,只要张老板不出差,星期五的夜晚张老板总要把一朵接过去,先共进晚餐,后花好月圆。

一朵把打开的手机放在枕头的下面,一边等,一边对着镜子开始梳妆。然而,只照了一会儿,一朵的心情竟又乱了。她现在不能照镜子,一照镜子镜子里的女人就开始卖西瓜。这时候一朵听见看大门的老师傅在楼下高声叫喊。老师傅的牙齿已经掉得差不多了,他把了一辈子的大门,而现在,他自己嘴里的大门却敞开了,许多风和极其含混的声音从他的嘴边进进出出。老师傅站在篮球架的旁边大声告诉"小豌豆","黄包大队"有人在门外等她。一朵一听就知道是"疙瘩"又来了。"疙瘩"在防暴大队,和一朵在一次联欢会上见过面。他不知道从哪里打听到了一朵的祖籍,到剧团来认过几次老乡。一朵没理他。一朵连他姓什么都不清楚,就知道他有一脸的疙瘩。一朵正烦,听到"黄包大队"心里头都烦起了许多疙瘩,顺手便把手上的梳子砸在了镜面上,玻璃"咣当"一声,镜子和镜子里的女人当即全碎了。这个猝不及防的场面举动给了一朵一个额外发现:另一个自己即使和自己再像,只要肯下手,破碎并消失的只能是她,不可能是我。一朵的呼吸顿时急促起来,两只乳房一鼓一鼓的,仿佛碰上了一条贪婪而又狠毒的舌尖。一朵推开窗户,看见一个高大的小伙子正在大门外面抬腕看表。一朵顺眼看了一下远处,梧桐树上"正宗海南西瓜"的小红旗清晰可见。老师傅仰着头,高声说:"他在等你,要不要轰他走?"

手机偏偏在这个时候响了。一朵回过头去拿手机,只跨了两步一朵却转过了身来,慌忙对楼下说:"让他等我。"

一朵只做了两个深呼吸便把呼吸调匀了。她趴在床上,对着手机十分慵懒地说:"谁呀?"

手机里说:"个小树丫,还能是谁。挺尸哪?"

一朵疲惫地嗯了一声。

手机里马上心疼起来,说:"怎么弄的?病啦?"

"没有,"一朵叹了一口气,拖着很可怜的声音说,"中午身上那个了,量特别多,困得不得了。——司机什么时候来接我?"

手机那头突然静下来了,不说话。一朵"喂"了一声,那头才懒懒地回话说:"还接你呢,这会儿我在杭州呢。"

一朵显然注意到手机里短暂的停顿了。这个停顿让她难受,但这个停顿又让她有一种说不出的欣喜。一朵也停顿了一会儿,突然大声说:"不理你!这辈子都不想再理你!"

一朵立即把手机关了。她来到窗前,高大的小伙子又在楼下抬腕看表了。

疙瘩坚持要带一朵去吃韩国烧烤,一朵用指头指了指自己的嗓子,疙瘩会心一笑,还是和一朵吃了一顿中餐。一朵发现疙瘩笑起来还是蛮洋气的,就是过于讲究,有些程式化,显然是从电影演员的脸上扒下来的。但是没过多久疙瘩就忘了,恢复到乡下人仓促和不加控制的笑容上去了。人一高兴了就容易忘记别人,全身心地陷入自我。这个结论一朵这几天从反面得到了验证。晚饭过后一朵提出来去喝茶,他们走进了一间情侣包间，在红蜡烛的面前很安静地对坐了下来。整个晚上都是疙瘩带着一朵，其实一朵把持着这个晚上的主导方向。疙瘩开始有点口讷，后来舌头越来越软，话却说得越来越硬。一朵瞪大了眼睛，很亮的眼睛里头有了崇敬，有了蜡烛的柔嫩反光。

一朵没有绕弯子，利用说话之间的某个空隙，一朵正了正上身，说有事请老乡帮忙。疙瘩让她"说"。一朵便说了。她说起了那个卖西瓜的女人。她"不想再看见她"。即使看见，那个女人的脸眼"必须是另外一副样子"。

疙瘩笑了笑，松了一口气。疙瘩说我还以为什么大不了的，说我叫上几个兄弟，两分钟就摆平了。

一朵说什么样的人我找不到，找别人我就不麻烦你。一朵说我不想让别人知道，就你和我。

疙瘩又笑了笑，说好的。说没什么大不了的。

一朵说，我可不想等，等一天老虎的爪子抓一天心。说卖西瓜的都睡在西瓜摊上，就今天晚上。

疙瘩还是笑了笑，说好的。说没什么大不了的。

一朵站起身，绕到疙瘩的面前。两只瞳孔乌溜溜地盯着疙瘩，愣愣地看。她刚刚伸出小拇指准备和疙瘩"勾勾"，疙瘩的右手却突然捂在了一朵的左乳上。一朵唬了一个激灵，但没有往后退，两道睫毛疾速垂了下去，弯了两道弧，却把双手反撑到了桌面上。疙瘩已经被自己的孟浪吓呆了，眼神里全是不知所措,像萤火自照那样明灭不定。到底是一朵处惊不乱,经历过短暂的僵持之后,一朵的眼睫突然挑了上去,两只瞳孔再一次乌溜溜地盯着疙瘩,愣愣地看。疙瘩的手指已经傻了,既不敢动,又不敢撤,像五根长短不一的水泥。过了好大一会儿一朵终于抬起了一只手。疙瘩以为一朵会把他的手推开,再不就是挪走。但是没有。一朵勾起了食指,在疙瘩的鼻梁上刮了一下。这个日常性的动作由女人们来做,通常表达一种温馨的羞辱与沁人心脾的责备。疙瘩的手指一下子全活了。

"回头我请你。"一朵说。

一朵说完这句话便抽出了身子,提上包,拉开了包厢的房门。她在离开之前转过头,看见疙瘩的手掌还捂在半空,一脸的不可追忆。疙瘩回味着一朵的话,这句话被一朵说得复杂极了,你再也辨不清里面的意味多么地叫人心跳。一朵的话给疙瘩留下了无限广阔的神秘空间,"回头我请你"这五个字像一些古怪的鸟,无头,无尾,只有翅膀与羽毛,扑棱棱乱拍。

星期六的上午一朵一早就下楼去了。她知道疙瘩一定会来找她,立了战功的男人历来是不好对付的,最聪明的办法只有躲开。躲得了初一,就一定能躲得过十五。男人是个什么玩意一朵算是弄清楚了,靠喂肉去解决他们的饥饿,只能是越喂越饿,你要是真的让他端上一只碗,他的目光便会十分忧郁地打量别的碗了。再说了,一只蛤蟆也完全用不着用天鹅的肉去填它的肚子。这年头的男人和女人,唯一动人的地方只剩下戏台上的西皮与二黄,别的还有什么?

一朵打算到唐素琴那儿把星期六混过去。唐素琴是一朵的小学同学,现在已经是省人民医院的妇科护士了,人说不上好,可也说不上坏,就是没意思。然而,她毕竟是妇科的护士,说不定哪一天就用得上的。

一朵出了大门之后直接往左拐。对一朵来说,这是一个特殊的早晨。她一定要从那个空着的西瓜摊前面走一走,看一看。她一定要亲眼看到另一个自己在她的面前是如何消失的。一朵远远地看见西瓜摊的前方聚集了许多人,显然是出过事的样子。这个不寻常的景象是预料之中的,它让一朵踏实了许多。一朵快速走上去,钻进人缝。路面上有一摊血,已经发黑了,呈现出一种骇人而又古怪的局面。一朵看着地上的这摊黑血,松了一口气。她用小拇指把额前的一缕头发捋向了耳后,脸上的表情又安详又傲慢。一朵把她的眼睛从地上抬上来,却意外地看见了卖西瓜的女人——卖西瓜的女人正站在梧桐树的后面,一边比画一边小声地对人说些什么。她的身上没有异样,神态里头一点劫后余生的紧张与恐怖都看不出。毫无疑问,地上的血和她没有任何关系。一朵吃惊地望着那张脸,恍然若梦。要不是手机在皮包里响了,一朵还真以为自己是在梦中了。

"起床了没有?"张老板在手机里头说,听口气他还在床上。

一朵有些恍惚，脱口说："没，还没呢。"

"昨晚上你喝茶喝得太晚了，这样可不好。"

"没，没有。"

手机里头张老板摁了一下打火机，接下来又长长地嘘了一口烟。张老板说："我说呢。我手下的人硬说你昨晚和一个傻小子鬼混了。弄得有鼻子有眼。他们说那个傻小子的手不本分，趁人家在马路边上卖西瓜，居然在人家的身上开了两个洞。你说这是什么事？——幸亏不是什么要紧的地方。"

"你在哪儿？"一朵喘着粗气问。

"我还能在哪儿？当然在家。"

"你不是在杭州吗？"

"我在杭州做什么？"张老板拖声拖气地说，"闲着无聊，没事就说说小谎，反正闲着也是闲着。——我看你还是到医院去看看吧。"

一朵的心口紧拧了一下，慌忙说："我到医院去干吗？我到那儿看谁去？"

"你说看谁？当然是看看你自己，"张老板说，"半个月里头你的月经来了两次，量又那么多。我看你还是去看一看。"

一朵的脑袋一下子全空了，慌得厉害，就好像胸口里头敲响了开场锣鼓，而她偏偏又把唱词给忘了。她站在路边，把手机移到左边的耳朵上来，用右手的食指塞紧右耳，张大了嘴巴刚想解释什么,那边的电话却挂了。一朵张着嘴,茫然四顾,却意外地和卖西瓜的女人又一次对视上了。卖西瓜的女人看着一朵,满眼都是温柔,都像妈妈了。

地球上的王家庄

我还是更喜欢鸭子，它们一共有八十六只。队长把这些鸭子统统交给了我。队长强调说："八十六，你数好了，只许多，不许少。"我没法数。并不是我不识数，如果有时间，我可以从一数到一千。但是我数不清这群鸭子。它们不停地动，没有一只鸭子肯老老实实地待上一分钟。我数过一次，八十六只鸭子被我数到了一百零二。数字是不可靠的。数字是死的，但鸭子是活的。所以数字永远大于鸭子。

每天天一亮我就要去放鸭子。我把八十六只也可能是一百零二只鸭子赶到河里，再沿河赶到乌金荡。乌金荡是一个好地方，它就在我们村子的最东边，那是一片特别阔大的水面，可是水很浅，水底长满了水韭菜。因为水浅，乌金荡的水面波澜不惊，水韭菜长长的叶子安安静静地竖在那儿，一条一条的，借助于水的浮力亭亭玉立。水下没有风，风不吹，所以草不动。

水下的世界是鸭子的天堂。水底下有数不清的草虾、罗汉鱼。那都是一览无遗的。鸭子们一到乌金荡就迫不及待了，它们的屁股对着天，脖子伸得很长，全力以赴，在水的下面狼吞虎咽。为什么鸭子要长一只长长的脖子？原因就在这里。鱼就没有脖子，螃蟹没有，虾也没有。水底下的动物没有一样用得着脖子，张着嘴就可以了。最极端的例子要数河蚌，它们的身体就是一张嘴，上嘴唇、下嘴唇、舌头，没了。水下的世界是一个饭来张口的世界。

乌金荡同样也是我的天堂。我划着一条小舢板，滑行在水面上。水的上面有一个完整的世界。无聊的时候我会像鸭子一样，一个猛子扎到水的下面去，睁开眼睛，在水韭菜的中间鱼翔浅底。那个世界是水做的，空气一样清澈，空气一样透明。我们在空气中呼吸，而那些鱼在水中呼吸，它们吸进去的是水，呼出来的同样是水。不过有一点是不一样的，如果我们哭了，我们的悲伤会变成泪水，顺着我们的面颊向下流淌。可是鱼虾们不一样，它们的泪水是一串又一串的气泡，由下往上，在水平面上变成一个又一个水花。当我停留于水面上的时候，我觉得我飘浮在遥不可及的高空。我是一只光秃秃的鸟，我还是一朵皮包骨头的云。

我已经八周岁了。按理说我不应当在这个时候放鸭子。我应当坐在教室里，听老师们讲刘胡兰的故事，雷锋的故事。可是我不能。我要等到十周岁才能够走进学校。我们公社有规定，孩子们十岁上学，十五岁毕业，一毕业就是一个壮劳力。公社的书记说了，学制"缩短"了，教育"革命"了。革命是不能拖的，要快，最好比铡刀还要快，"咔嚓"一下就见分晓。

但是父亲对黑夜的兴趣越来越浓了。父亲每天都在等待，他在等待天黑。那些日子父亲突然迷上了宇宙了。夜深人静的时候，他喜欢黑咕隆咚地和那些远方的星星们待在一起。父亲站在田埂上，一手拿着手电，一手拿着书，那本《宇宙里有些什么》是他前些日子从县城里带回来的。整个晚上父亲都要仰着他的脖子，独自面对那些星空。看到要紧的地方，父亲便低下脑袋，打开手电，翻几页书，父亲的举动充满了神秘性，他的行动使我相信，宇宙只存在于夜间。天一亮，东方红，太阳升，这时候宇宙其实就没了，只剩下满世界的猪与猪，狗与狗，人与人。

父亲是一个寡言的人。我们很难听到他说起一个完整的句子。父亲说得最多的只有两句话，"是"，或者"不是"。对父亲来说，他需要回答的其实也只有两个问题，是，或者不是。其余的时间他都沉默。父亲在沉默的夏夜迷恋上了宇宙，可能也就是那些星星。星空浩瀚无边，满天的星光却没有能够照亮大地。它们是银灰色的，熠熠生辉，宇宙却是一片漆黑。我从来不认为那些星星是有用的。即使有少数的几颗稍微偏红，可我坚持它们百无一用。宇宙只是太阳，在太阳面前，宇宙永远是附带的，次要的，黑灯瞎火的。

父亲在夜里把眼睛睁得很大，一到了白天，父亲全蔫了。除了吃饭，他的嘴也永远紧闭着。当然，还有吸烟。父亲吸的是烟锅。父亲光着背脊蹲在田埂上吸旱烟的时候，看上去完全就是一个庄稼人了。然而，父亲偶尔也会吸一根纸烟。父亲吸纸烟的时候十分陌生，反而更像他自己。他端端正正地坐在天井里，跷着腿，指头又长又白，纸烟被他的指头夹在中间，安安静静地冒着蓝烟，烟雾散开了，缭绕在他的额头上方。父亲的手真是一个奇迹，晒不黑，透过皮肤我可以看见天蓝色的血管。父亲全身的皮肤都是黑糊糊的。然而，他手上的皮肤拒绝了阳光。相同的状况还有他的屁股。在父亲洗澡的时候，他的屁股是那样地醒目，呈现出裤衩的模样，白而发亮，傲岸得很，洋溢出一种冥顽不化的气质。父亲的身上永远有两块异己的部分，手，还有屁股。

父亲的眼睛在大白天里蔫得很，偶尔睁大了，那也是白的多，黑的少。北京的一位女诗人有一首诗，她说："黑夜给了你一双黑色的眼睛，你却用它来翻白眼。"我觉得女诗人说得好。我有一千个理由相信，她描述的是我的父亲。

父亲是从县城带回了《宇宙里有些什么》，同时还带回了一张《世界地图》。世界地图被父亲贴在堂屋的山墙上。谁也没有料到，这张《世界地图》在王家庄闹起了相当大的动静。

大约在吃过晚饭之后，我的家里挤满了人，主要是年轻人，一起看世界来了。人们不说话，我也不说话。但是，这一点都不妨碍我们对这个世界的基本认识：世界是沿着"中国"这个中心辐射开去的，宛如一个面疙瘩，有人用擀面杖把它压扁了，它只能花花绿绿地向四周延伸，由此派生出七个大洲，四个大洋。中国对世界所做出的贡献，《世界地图》上已经是一览无遗。

《世界地图》同时修正了我们关于世界的一个错误看法，关于世界，王家庄的人们一直认为，世界是一个正方形的平面，以王家庄为中心，朝着东南西北四个方向纵情延伸。现在看起来不对。世界的开阔程度远远超出了我们的预知，也不呈正方，而是椭圆形的。地图上左右两侧的巨大括弧彻底说明了这个问题。

看完了地图我们就一起离开了我们的家。我们来到了大队部的门口，按照年龄段很自然地分成了几个不同的小组。我们开始讨论。概括起来说有这样的几点：第一，世界究竟有多大？到底有几个王家庄大？地图上什么都有，甚至连美帝、苏修都有，为什么反而没有我们王家庄？王家庄所有的人都知道王家庄在哪儿，地图它凭什么忽视了我们？这个问题我们完全有必要向大队的党支部反映一下。第二，这一点是王爱国提出来的，王爱国说，如果我们像挖井那样不停地往下挖，不停地挖，我们会挖到什么地方呢？世界一定有一个基础，这个是肯定的。可它在哪里呢？是什么托起了我们？是什么支撑了我们？如果支撑我们的那个东西没有了，我们会掉到什么地方去？这个问题吸引了所有的人。人们聚拢在一起，显然，开始担忧了。我们不能不对这个问题表示我们深切的关注。当然，答案是没有的。因为没有答案，我们的脸庞才格外地凝重，可以说暮色苍茫。还是王爱国首先打破了沉默，提出了一个更令人害怕的问题，第三，如果我们出门，一直往前走，一定会走到世界的尽头，白天还好，万一是夜里，一脚下去，我们肯定会掉进无底的深渊。那个深渊无疑是一个无底洞，这就是说，我们掉下去之后，既不会被摔死，也不会被淹死，我们只能不停地坠落，一直坠落，永远坠落。王爱国的话深深吸引了我们，我们感受到了恐惧，无边的恐惧，无尽无止的恐惧。因为恐惧，我们紧紧地挨在一起。但是，王爱国的话立即受到了质疑。王爱贫马上说，这是不可能的。王爱贫说，他看地图看得非常仔细，世界的尽头并不是在陆地，只不过是海洋，并没有路，我们是不会走到那里去的。王爱贫补充说，地图上清清楚楚，世界的左边是大西洋，右边也是大西洋，我们怎么能走到大西洋里去呢？王爱贫言之有理。听了他的话我们都松了一口气，同时心存感激。然而，王爱国立即反驳了。王爱国说，假如我们坐的是船呢？王爱国的话又把我们甩进了无底的深渊。形势相当严峻，可以说危在旦夕。是啊，假如我们坐的是船呢。假如我们坐的是船，永远坠落的将不止是我们，还得加上一条小舢板。这个损失将是无法弥补的。我们几个岁数小的一起低下了脑袋。说实话，我们已经不敢再听了。就在这个最紧要的关头，还是王爱贫挺身而出了。王爱贫没有正面反击王爱国，而是直接给了我们一个结论："这是不可能的！"王爱国说："为什么不可能？"王爱贫笑了笑，说，如果船掉下去了，"那么请问，满世界的水都淌到了哪里？"

满世界的水都淌到了哪里？

我们看了看身后的鲤鱼河。水依然在河里，并没有插上翅膀，并没有咆哮而去，安静得像口井。我们看到了希望，心安理得。我们坚信，有水在，就有我们在。王爱贫挽救了我们，同时挽救了世界。我们都一起看着王爱贫，心中充满爱戴与崇敬。他为这个世界立下了不朽的功勋。

但是，我还是不放心。或者说，我还是有疑问。在大西洋的边缘，满世界的水怎么就没有淌走呢？究竟是什么力量维护了大西洋？我突然想起了《世界地图》。可以肯定，世界最初的形状一定还是正正方方的，大西洋的边沿原来肯定是直线。地图上的巨大外弧线只能说明一个问题，那是被海水撑的。像一张弓，弯过来了，充满了张力，充满了崩溃的危险性。然而，它终究没有崩溃。这是一种奇异的力量，不可思议的力量，我们不敢承认的力量。然而，是一种存在的力量。

我们完全可以设想，大西洋的边沿一旦决口了，海水会像天上的流星，消失在无边的黑暗中。水都是手拉手的，它们只认识缺口，满世界的水都会被缺口吸光，我们王家庄鲤鱼河的水也会奔涌而去。到那时，神秘的河床无疑会袒露在我们的面前，河床上到处都是水草、鱼虾、蟹、河蚌、黄鳝、船、鸭子，也许我们家的码头上还会出现我去年掉进河里的五分钱的硬币。可是，五分钱能把满世界的水重新买回来吗？用不了两天这个世界就臭气熏天了。我傻在那里，我的心像夏夜里的宇宙，一颗星就是一个窟窿。

我没有回家，直接找到了我的父亲。我要在父亲那里找到安全，找到答案。父亲站在田埂上，一手拿着书，一手拿着手电，仰着头，一心没有二用。满天的星光，交相辉映，全世界只剩下我和我的父亲。我说："爸爸。"父亲没有理我。过了好半天，父亲说："我们来看看大熊座。这是摇光，这是开阳，依次是玉衡、天权、天玑、天璇、天枢，北斗七星就是它们。儿子，我们现在沿着天璇和天枢五倍远的距离，喏，这个，最亮的一颗。"父亲一边说一边打开了他手里的手电，夜空立即出现了一根笔直的光柱，银灰色的，消失在遥不可及的宇宙边缘。父亲说："看见了吗？这就是北斗。"我看不见。我没有耐心关心这个问题。我说："王家庄到底在哪里？"父亲说："我们在地球上。地球也是宇宙里的一颗星。"我仰起头，看着夜空。我一定要从宇宙中找到地球，看地球在哪里闪烁。我从父亲的手上接过手电，到处照，到处找。星光灿烂，但没有一处是手电的反光。没有了反光手电也就彻底失去了意义。我急了，说："地球在哪里？"父亲笑了。父亲的笑声里有难得的幸福，像星星的光芒，有一点柔弱，有一点勉强。父亲摸了摸我的头，说："回去睡吧。"我说："地球在哪里？"父亲说："地球是不能用眼睛去找的，要用你的脚。"父亲对着漆黑的四周看了几眼，用手掸了掸身边的萤火虫，犹豫了半天，说："我们不说地球上的事。"我把手电塞到父亲的手上，掉头就走。走到很远的地方，对着父亲的方向我大骂了一声："都说你是神经病！"

我坐在小舢板上，八十六只也可能是一百零二只鸭子围绕在我的四周，它们全力以赴地吃，全力以赴地喝。它们完全不能理会我内心的担忧。万里无云，宇宙已经没有了，天上只有一颗太阳。乌金荡的水把天上的阳光反弹回来了，照耀在我的身上。我的身上布满了水锈，水锈是黑色的，闪闪烁烁。然而，这丝毫不能说明我的内心通体透亮。乌金荡里只有我，以及我的八十六只也可能是一百零二只鸭子。我承认我有点恐惧。因为我在水里，我在船上。我非常担心乌金荡的水流动起来，我担心它们向着远方不要命地呼啸。对于水，我是知道的，它们一旦流动起来了，眨眼的工夫就会变成一条滑溜溜的黄鳝，你怎么用力都抓不住它们。最后，你只能看着它们远去，两手空空。

这一切都是《世界地图》闹的。可是我不打算抱怨《世界地图》什么。即使没有那张该死的地图，世界该是什么样一定还是什么样。危险的确是存在的。我甚至恨起了我的父亲，人间的麻烦是如此巨大，你不问不管，你去操宇宙的那份心做什么？北斗星再亮也只是夜空的一块疤，它永远不可能变成集体的财产，永远不可能变成第八十七只或第一百零三只鸭子。甚至不可能变成第八十七或第一百零三粒芝麻。

然而，危险在任何时候都有诱惑力的。它使我陷入了无休无止的想象。我的思绪沿着乌金荡的水面疯狂地向前逼进，风驰电掣，一直来到了大西洋。大西洋很大，比乌金荡和大纵湖还要大，突然，海水拐了一个九十度的弯，笔直地俯冲下去。这时候你当然渴望变成一只鸟，你沿着大西洋的剖面，也就是世界的边沿垂直而下，你看见了带鱼、梭子蟹、海豚、剑吻鲨、乌贼、海鳗，它们在大西洋的深处很自得地沉浮。它们游弋在世界的边缘，企图冲出来。可是，世界的边沿挡住了它们。冲进来的鱼"当"地一下，被反弹回去了，就像教室里的麻雀被玻璃反弹回去一样。基于此，我发现，世界的边沿一定是被一种类似于玻璃的物质固定住的。这种物质像玻璃一样透明，玻璃一样密不透风。可以肯定，这种物质是冰。是冰挡住了海水的出路。是冰保持了世界的稳固格局。

我拿起竹篙，一把拍在了水面上。水面上"啪"的一声，鸭子们伸长了脖子，拼命地向前逃窜。我要带上我的鸭子，一起到世界的边缘走一走，看一看。

我把鸭子赶出乌金荡,来到了大纵湖。大纵湖一望无际,我坚信,穿过大纵湖,只要再越过太平洋,我就可以抵达大西洋了。

我没有能够穿越大纵湖。事实上,进入大纵湖不久我就彻底迷失了方向。我满怀斗志,满怀激情,就是找不到方向。望着茫茫的湖水,我喘着粗气,斗志与激情一落千丈。

我是第二天上午被两位社员用另外一条小舢板拖回来的。鸭子没有了。这一次不成功的探险损失惨重,它使我们第二生产队永远失去了八十六只也可能是一百零二只鸭子。两位社员没有把我交给我的父亲,直接把我交给了队长。队长伸出一只手,提起我的耳朵,把我拽到了大队部。大队书记在那儿,父亲也在那儿。父亲无比谦卑,正在给所有的人敬烟,给所有的人点烟。父亲一看见我立即走了上来,厉声问:"鸭子呢?"我用力睁开眼,说:"掉下去了。"父亲看了看队长,又看了看大队支书,大声说:"掉到哪里去了?"我说:"掉下去了,还在往下掉。"父亲仔细望着我,摸了摸我的脑门。父亲的手很白,冰凉的。父亲掴了我一个大嘴巴。我在倒地的同时就睡着了。听村子里的人说,倒地之后我的父亲还在我的身上踢了一脚,告诉大队支书说我有神经病。后来王家庄的人一直喊我神经病。"神经病"从此成了我的名字。我非常高兴。它至少说明了一点,我八岁的那一年就和我的父亲平起平坐了。

彩　虹

虞积藻贤惠了一辈子，忍让了一辈子，老了老了，来了个老来俏，坏脾气一天天看涨。老铁却反了过来，那么暴躁、那么霸道的一个人，刚到了岁数，面了，没脾气了。老铁动不动就要对虞积藻说："片子，再撑几年，晚一点死，你这一辈子就全捞回来了。"虞积藻是一个六十一岁的女人，正瘫在床上。年轻的时候，人家还漂亮的时候，老铁粗声恶气地喊人家"老婆子"。到了这一把岁数，老铁改了口，反过来把他的"老婆子"叫成了"片子"，有些老不正经了，听上去很难为情。但难为情有时候就是受用，虞积藻躺在床上，心里头像少女一样失去了深浅。

老铁和虞积藻都是大学里的老师，属于"高级知识分子"，当然了，退了。要说他们这一辈子有什么建树，有什么成就，除了用"桃李满天下"这样的空话去概括一下，别的也说不上什么。但是，有一样是值得自豪的，那就是他们的三个孩子，个个争气，都是读书和考试的高手。该成龙的顺顺当当地成了龙，该成凤的顺顺当当地成了凤，全飞了。大儿子在旧金山，二儿子在温哥华，最小的是一个宝贝女儿，这会儿正在慕尼黑。说起这个宝贝疙瘩，虞积藻可以说是衔在嘴里带大的。这丫头要脑子有脑子，要模样有模样，少有的。虞积藻特地让她跟了自己，姓虞。虞老师一心想把这个小棉袄留在南京，守着自己。可是，就是这样的一个小棉袄，现在也不姓虞了，六年前人家就姓了弗朗茨。

退休之后老铁和虞积藻一直住在高校内，市中心，五楼，各方面都挺方便。老铁比虞积藻年长七岁，一直在等虞积藻退下来。老头子早就发话了，闲下来之后老两口什么也不干，就在校园里走走，走得不耐烦了，就在"地球上走走"。老铁牛啊，底气足，再磅礴的心思也能用十分家常的语气表达出来。"在地球上走走"，多么的壮观，多么的从容，这才叫老夫聊发少年狂。可是，天不遂人愿，虞积藻摔了一跤。腿脚都好好的，却再也站不起来了。老铁从医院一出来斑白的头发就成了雪白的头发，又老了十岁，再也不提地球的事了。当机立断，换房子。

老铁要换房子主要的还是为了片子。片子站不起来了，身子躺在床上，心却野了，一天到晚不肯在楼上待着，叫嚣着要到"地球上去"。毕竟是五楼，老铁这一把年纪了，并不容易。

你要是慢了半拍,她就闭起眼睛,捶着床沿发脾气,有时候还出粗口。所以,大部分时候,满校园的师生都能看见铁老师顶着一头雪白的头发,笑眯眯地推着轮椅,四处找热闹。这一年的冬天雨雪特别多,老铁的关节不好,不方便了。这一下急坏了虞积藻,大白天躺在床上,睡得太多,夜里睡不着,脾气又上来了,深夜一点多钟就折腾。老铁光知道笑,说:"哪能呢。"虞积藻心愿难遂,便开始叫三个孩子的名字,轮换着来。老铁知道,老太婆这是想孩子了。老铁到底是老铁,骨子里是个浪漫人,总有出奇制胜的地方。他买来了四只石英钟,把时间分别拨到了北京、旧金山、温哥华和慕尼黑,依照地理次序挂在了墙上。小小的卧室弄得跟酒店的大堂似的。可这一来更坏了,夜深人静的,虞积藻盯着那些时钟,动不动就要说"吃午饭了"、"下班了"、"又吃午饭了"。她说的当然不是自己,而是时差里的孩子们。老铁有时候想,这个片子,别看她瘫在床上,一颗不老的心可是全球化了呢。这样下去肯定不是事。趁着过春节,老铁拿起了无绳电话,拨通了慕尼黑、旧金山和温哥华。老铁站在阳台上,叉着腰,用洪亮的声音向全世界庄严宣布:"都给我回来,给你妈买房子!"

老铁的新房子并不在低楼,更高了。是"罗马假日广场"的第二十九层。儿女们说得对,虽然更高了,可是,只要坐上电梯,顺着电梯直上直下,反而方便了,和底楼一个样。

虞积藻住上了新房,上下楼容易了,如果坐上电动轮椅,一个人都能够逛街。可虞积藻却不怎么想动，一天到晚闷在二十九楼，盯着外孙女的相片，看。一看，再看，三看。外孙女是一个小杂种，好看得不知道怎么夸她才好。可小东西是个急性子，一急德国话就冲出来了，一梭子一梭子的。虞积藻的英语是好的，德语却不通，情急之下只能用英语和她说话，这一来小东西更急，本来就红的小脸涨得更红，两只肉嘟嘟的小拳头在一头鬈发的上空乱舞，简直就是小小的希特勒。虞积藻也急，只能抬起头来，用一双求援的目光去寻找"翻译"——这样的时候虞积藻往往是心力交瘁。这哪里是做外婆啊，她虞积藻简直就是国务院的副总理。

外孙女让虞积藻悲喜交加。她一走，虞积藻安静下来了，静悄悄学起了德语。老铁却有些不知所措。老铁早已经习惯了虞积藻的折腾，她不折腾，老铁反而不自在，丹田里头就失去了动力和活力。房子很高，很大，老铁的不知所措就被放大了，架在了高空，带上了天高云淡的色彩。怎么办呢？老铁就趴在阳台上，打量起脚底下的车水马龙。它们是那样地遥远，可以说深不可测。华灯初上的时候，马路上无比地斑斓，都流光溢彩了。老铁有时候就想，这个世界和他已经没有什么关系了，真的没什么关系了。他唯一能做的事情就是看看，站得高高的，远远的，看看。嗨，束之高阁喽。

老铁站在阳台上，心猿意马，也可以说，天马行空。这样的感觉并不好。但是，进入暑期不久，情形改变了，老铁有了新的发现。由于楼盘是"凸"字形的，借助于这样一种特定的几何关系，老铁站在阳台上就能够看隔壁的窗户了。窗户的背后时常有一个小男孩，趴在玻璃的背后，朝远处看。老铁望着小男孩，有时候会花上很长的时间，但是，很遗憾，小家伙从来都没有看老铁一眼，似乎并没有注意到老铁的存在。也是，一个老头子，有什么好看的呢。小家伙只是用他的舌尖舔玻璃，不停地舔，就好像玻璃不再是玻璃，而是一块永远都不会融化的冰糖，甜得很呢。老铁到底不甘心，有些孩子气了，也伸出舌头舔了一回。寡味得很。有那么一回小男孩似乎朝老铁的这边看过一眼，老铁刚刚想把内心的喜悦搬运到脸上，可还是迟了，小家伙却把脑袋转了过去，目光也挪开了。小男孩有没有看自己，目光有没有和自己对视，老铁一点把握也没有。这么一想老铁就有些怅然若失，好像还伤了自尊，关键是，失去了一次难得的机遇。是什么样的机遇呢？似乎也说不出什么来。老铁咳嗽了一声，在咳嗽的时候老铁故意使了一点力气，声音大了，却连带出一口痰。

夜里头老铁突然想起来了，自己有一架俄罗斯的高倍望远镜，都买了好几年了。那时候老铁一门心思"到地球上走走"，该预备的东西早已经齐全了，悲壮得很，是一去不复返的心思，却一直都没用上。估计再也用不上了。一大早老铁就从柜子里把望远镜翻了出来，款款走上了阳台。小男孩却不在。老铁把高倍望远镜架到鼻梁上去，挺起了胸膛，像一个将军。他看到了平时根本就看不见的广告牌，他还看到了平时从来都没有见过的远山。其实这没有什么，那些东西本来就在那儿，可老铁的心胸却突然浩荡起来，像打了一场胜仗，完全是他老铁指挥有方。

打完了胜仗，老铁便低下头，把高倍望远镜对准了马路，马路都漂浮起来了，汽车和路人也漂浮起来了，水涨船高，统统来到了他的面前，这正是老铁喜闻乐见的。出于好奇，老铁把望远镜倒了过来，地球"咣当"一声，陷下去了，顿时就成了万丈深渊，人都像在波音777的窗口了。望远镜真是一个魔术师，它拨弄着距离，拨弄着远和近，使距离一下子有了弹性，变得虚假起来，却又都是真的。老铁亲眼看见的。老铁再一次把望远镜倒过来，慢慢地扫视。让老铁吓了一大跳的事情就是在这个时候发生了，小男孩突然出现在他的高倍望远镜里，准确地说，出现在他的面前，就在老铁的怀里，伸手可触。老铁无比清晰地看见了小男孩的目光，冷冷的，正盯着自己，在研究。这样的遭遇老铁没有预备。他们就这么相互打量，谁也没有把目光移开。随着时间的推移，老铁都不知道怎样去结束这个无聊的游戏了。

当天的夜里老铁就有了心思，他担心小男孩把他的举动告诉他的父母。拿望远镜偷偷地窥视一个年轻夫妇的家庭，以他这样的年纪，以他这样的身份，传出去很难听的。说变态都不为过。无论如何不能玩了。高倍望远镜无论如何也不能再玩了。

老铁好几天都没有上阳台。可是，不上阳台，又能站在哪儿呢？老铁到底憋不住，又过去了。小男孩不在。然而，仿佛约好了一样，老铁还没有站稳，小家伙就在窗户的后面出现了。这一次他没有吃冰糖，而是张开嘴，用他的门牙有节奏地磕玻璃，一会儿快，一会儿慢，像打击乐队里的鼓手。就是不看老铁。一眼都不看。这个小家伙，有意思得很呢。老铁当然是有办法的，利用下楼的工夫，顺便从超市里带回来一瓶泡泡液。老铁来到阳台上，拉开玻璃，一阵热浪扑了过来。可老铁顾不得这些了，他顶着炎热的气浪，吹起了肥皂泡。一串又一串的气泡在二十九层的高空飞扬起来。气泡漂亮极了，每一个气泡在午后的阳光下都有自己的彩虹。这是无声的喧嚣，节日一般热烈。小男孩果然转过了脑袋，专心致志地看着老铁这边。老铁知道小男孩在看自己了，骨子里已经参与到这个游戏中来了，老铁却故意做出一副浑然不觉的样子。老铁很快乐。然而，这样的快乐仅仅维持了不到二十分钟。十来分钟之后，小男孩开始了他冒险的壮举，他拉开窗门，站在了椅子上，对着老铁家的阳台同样吹起了肥皂泡。这太危险，实在是太危险了。老铁的小腿肚子都软了，对着小男孩做出了严厉同时又有力的手势。可小家伙哪里还会答理他，每当他吹出一大串的泡泡，他都要对着老铁瞅一眼。他的眼神很得意，都挑衅了。老铁赶紧退回到房间，怕了。这个小祖宗，不好惹。

老铁决定终止这个小东西的疯狂举动。他来到隔壁，用中指的关节敲了半天，防盗门的门中门终于打开了，也只是一道小小的缝隙。小男孩堵在门缝里，脖子上挂了两把钥匙，两只漆黑的瞳孔十分地机警，盯着老铁。小男孩很小，可样子有些滑稽，头发是三七开的，梳得一丝不苟，白衬衫，吊带裤，皮鞋，像一个小小的进口绅士，也可以说，像一个小小的洋场恶少。小男孩十分老气地问："你是谁？"老铁笑笑，蹲下去，指着自己的一张老脸，说："我就是隔壁阳台上的老爷爷。"小男孩说："你要干什么？"老铁说："不干什么，你让我进去，我帮你把窗前的椅子挪开——那样不好，太危险了。"小男孩说："不行。"老铁说："为什么？""我妈说了，不许给陌生人开门。"小家伙的口头表达相当好，还会说"陌生人"，每一句话都说得准确而又完整。老铁的目光越过小男孩的肩膀，随便瞄了一眼，家境不错，相当不错，屋子里的装潢和摆设在这儿呢。老铁说："你叫什么名字？"小男孩避实就虚，反问了一句："你叫什么名字？"老铁伸出一只巴掌，一边说话一边在掌心里比画，"我呢，姓铁，钢铁的铁，名字就一个字，树，树林的树。你呢？"小男孩对着老铁招了招手，要过老铁的耳朵，轻声说："我妈不让我告诉陌生人。""你妈呢？""出去了。"老铁笑笑，说："那你爸呢？"小男孩说："也出去了。"老铁说：

"你怎么不出去呢？"小男孩看了老铁一眼，说："我爸说了，我还没到挣钱的时候。"老铁笑出了声来。这孩子逗。智商不低。老铁一下子就喜欢上了。老铁说："一个人在家干什么？这你总可以告诉我了吧。"老铁光顾了笑，一点都没有意识到自己的笑容里面充满了巴结和讨好的内容。小男孩很不客气地看了老铁一眼，"咚"的一声，把门中门关死了。小男孩在防盗门的后面大声说："干什么？有什么好干的？生活真没劲！"你听听，都后现代了，还饱经风霜了呢。

老铁没有再上阳台。这样的孩子老铁是知道的，人来疯。你越是关注他，他越是来劲，一旦没人理会，他也就泄了气。果真是这样。老铁把自己藏在暗处，只是一会儿，小家伙就从椅子上撤退了，重新拉好了玻璃窗。老铁松了一口气。老铁注意到小家伙又开始用他的小舌头舔玻璃了。他舔得一五一十的，特别地仔细，像一个小动物，同样的一个动作他可以不厌其烦地重复一个上午，一点厌倦的意思都没有。舔完了，终于换花样了，开始磕。老铁也真是无聊透顶，居然在心里头帮他数。不过，这显然不是一个好主意，刚过了四百下，老铁居然把自己的瞌睡给数上来了。老铁揉揉自己的眼睛，对自己说："你慢慢磕吧，我不陪了，我要迷瞪一会儿了。"

电话来得有些突然，老铁的午觉只睡了一半，电话响了。

老铁家的电话不多，大半是国际长途，所以格外地珍贵。老铁下了床，拿起话筒，连着"喂"了好几声，话机里头却没有任何动静。老铁看了一眼虞积藻，虞积藻也正看着他。虞积藻合上手里的德语教材，探过身子，问："谁呀？"老铁就大声地对着话筒说："谁呀？"虞积藻急了，又问："小棉袄吗？"老铁只能对着话筒再说："小棉袄吗？"

电话却挂了。

这个中午的电话闹鬼了，不停地响，就是没有回音。响到第九遍，电话终于开口了：

"猜出来我是谁了吧？"

老铁正色说："你是谁？"

电话里说："把你的泡泡液送给我吧。"

"你到底是谁？"老铁紧张地问。

"我的声音你都听不出来？"电话里奶声奶气地说，"我就在你家旁边。"

老铁的眼皮翻了半天，听出来了。其实老铁早就听出来了，只是不敢相信。他迅速地瞄了一眼虞积藻，虞积藻的整个身子都已经侧过来了，显然，老铁的脸色和他说话的语气让她十分地不安。她抢着要接电话。老铁摆了摆手，示意她不要添乱。老铁小声说："你怎么知道这个号码的？"

"我打电话给114问罗马假日广场铁树家的电话号

码，114告诉我二十二号服务员为您服务请记录64679521，64679521。"

这孩子聪明。非常聪明。老铁故意拉下脸，说："你想干什么？"

"我的泡泡液用光了。你把你的送给我。"

"你不让我进你的家门。"

"你从门口递给我。"

老铁认真地说："那不行。"

"那我到你们家去拿好不好呀？"

老铁咬住了下嘴唇，思忖了片刻，故作无奈，说："好吧。"

老铁挂了电话，突然有些振奋，搓起了手。反复地搓手。搬过来这么长时间了，家里还没有来过客人呢。老铁搓着手，自己差不多都成孩子了。

老铁只是搓手，愣神了，站在茶几的旁边，满脸的含英咀华，越嚼越香的样子，心里头说，这孩子有意思。老铁一点都没有注意到虞积藻的目光有多冷。老铁一抬头，远远地看见了虞积藻，她的目光冰冷而又愤怒。"老毛病又犯了！"虞积藻说。老铁仔细研究了虞积藻的表情，看明白了，同时也就听明白了，她所说的"老毛病"指的是老铁年轻时候的事，那时候老铁搞过一次婚外恋，两个人闹了好大的一阵子。"想哪儿去了，怎么会呢。"老铁轻描淡写地说。虞积藻却不信，要起床，又起不来，脸已经憋得发紫。老铁走上去，打算扶她，虞积藻一把推开了。老铁的脸面上有些挂不住，慢悠悠地说："哪能呢，怎么能往那上头想。"虞积藻气急败坏，一巴掌拍在了茶几上，茶几上的不锈钢勺子都跳了起来。虞积藻大声吼道："别以为上了岁数你就不花心！"老铁捋了捋雪白的头发，笑眯眯地"嗨"了一声，说："哪能呢。"

小男孩敲门来了。老铁弓了身子，十分正规地和他握过手，却没有松开，一直拉到虞积藻的床前，有点献媚了。虞积藻打量了小男孩一眼，没见过，问："这是谁家的小绅士？"老铁对隔壁努努嘴，大声地说："我刚认识的好朋友。"小男孩站在床前，瞪大了眼睛四处张望，最后，两只眼睛却盯上了虞积藻的电动轮椅。他爬上去，拧了一下把手，居然动起来了。小男孩来了兴致，驾驶着电动轮椅在虞积藻的房间里开了一圈，附带试了几下刹车，又摁了几下喇叭，结论出来了，老气横秋地说："我爸爸的汽车比你的好。"虞积藻看了老铁一眼，笑了，十分开心地笑了。虞积藻摸了摸小男孩的头，说："上学了没有？"小男孩摇摇脑袋，说："没有。过了暑假我就要上学了。"不过小男孩十分炫耀地补充了一句，"我已经会说英语了。"虞积藻故意瞪大了眼睛，说："我也会说英语，你能不能说给我听听？"小男孩挺起肚子，一口气，把二十六个英文字母全背诵出来了。虞积藻刚刚要鼓掌，小家伙已经把学术问题引向了深入。他伸出了他的食指，十分严肃地指出："我告诉你们，如果是汉语拼音，就不能这样读，要读成 aoeiuü bpmfdtnlgkhjqxzcszhchshr。"这孩子有意思了。虞积藻痛痛快快地换了一口气，痛痛快快地呼了出去，无声地笑了，满脸的皱纹像一朵猛然绽放的菊花，全部挂在了脸上。她的眼泪都出来了。虞积藻给小男孩鼓了掌，老铁同样也给小男孩鼓了掌。虽然躺在床上，可虞积藻觉得自己的两条腿已经站立起来了。虞积藻一把把小男孩搂了过来，抱在了怀里，怀里实实在在的。实实在在的。兴许是搂得太过突然，太过用力，小男孩有些不适应，便把虞积藻推开了。虞积藻并没有生气，她歪在床上，用两只胳膊支撑住自己，望着他。这个小家伙真是个小太阳，他一来，屋子里顿时就亮堂了，虎虎有了生气。虞积藻手忙脚乱了起来，她要找吃的，她要找玩的，她要把这个小家伙留在这里，她要看着他，她要听见他说话。

小男孩仰起头，对老铁说："你把泡泡液给我。"

老铁擦干净眼角的泪，想起来了，人家是来玩泡泡液的。老铁收敛了笑容，说："我不给你。二十九楼，太危险，太危险了。"

虞积藻说："什么泡泡液？给他呀，你还不快给孩子。"

老铁走到虞积藻的面前，耳语了几句，虞积藻听明白了。虞积藻却来了劲头，让老铁扶她。她要到轮椅上去，她要到地球上去。她要看老伴和小家伙一起吹泡泡液。她要看泡泡们像气球一样飞上天，像鸽子一样飞上天。虞积藻兴高采烈地来到了客厅,大声宣布:"我们到广场上去吹泡泡。"

小男孩的小脸蛋阴沉下来了,有些无精打采,说:"爸爸不在家,我不下楼。爸爸说,外面危险。"

老铁说:"外面有什么危险?"

小男孩说:"爸爸说了,外面危险。"

老铁打起了手势,还想再说什么,虞积藻立即用眼睛示意老铁,老铁只好把手放下了。老铁说:"那我们吃西瓜。"

小男孩说:"没意思。"

老铁说:"吃冰激凌。"

小男孩显然受到了打击,脸上彻底不高兴了,说:"就知道吃。没意思。"

隔壁的门铃声就是这个时候响起来的,"叮咚"一声,在二十九楼的过道里无限地悠扬。二十九楼,实在是太遥远、太安静了。小男孩站起身,说:"家庭老师来了。我要上英语课。"

老铁和虞积藻被丢在了家里,屋子里顿时安静下来。其实平日里一直都是这样安静的,可是,这会儿的安静特别了,反而像一次意外。虞积藻只好望着老铁,是那种没话找话的样子。但到底要说什么,也没有想好。虞积藻只好说:"我答应过女儿,不对你发脾气的。"

老铁反而说:"要发。不发脾气怎么行?要发。"

虞积藻看上去似乎有些累了,然而,格外地勉强。虞积藻说:"我们下楼去,吹泡泡。"

老铁看了一眼窗外,商量说:"这会儿太阳毒,傍晚吧。"

虞积藻顿时就暴躁起来,大声喊道:"你又不听话了是不是?不听话,是不是?"

老铁笑起来。老铁笑起来十分地迷人。有点坏,有点帅,有点老不正经,有点像父亲,还有点像儿子。老铁很撒娇地说:"哪能呢,哪能不听片子的话呢。"

老铁装好钥匙,拿过泡泡液,推起了虞积藻。还没有出门,电话又响了。老铁刚想去接,虞积藻却把她的电动轮椅倒了过去。老铁只好站在门口,在那里等。虞积藻拿起电话,似乎只听了一两句话,电话的那头就挂了。虞积藻放下耳机,却没有架到电话上去,反而搂在了怀里,人已经失神了。她看了一眼老铁,目光却从老铁的脸上挪开了,转移到卧室里去,转移到了墙上,最后,盯住了那一排石英钟。一个劲地看。老铁说:"小棉袄吗?"

虞积藻摇摇头,说:"小绅士。"

"说什么了?"

"他说,我们家的时间坏了。"